古龍武俠小說 領先時代半世紀

【記者賴素鈴／報導】江湖代有才人出，這廂古龍凋零二十載，那廂今朝懸賞百萬獎新秀，浪淘不盡，唯有武俠熱愛，不隨時間變易，在學術研討會上更見分明。以「一代鬼才：古龍與武俠小說」爲主題，淡江大學第九屆文學與美學國際學術研討會昨起在國家圖書館，展開爲期兩天的議程，紀念武俠小說家古龍逝世二十周年，新生代學者與古龍故舊齊聚一堂，以文論劍話武俠。

日前與淡大中文系教授林保淳共同發表《台灣武俠小說發展史》，武俠小說評論家葉洪生昨天在專題演講中，直批胡適1959年底發表「武俠小說下流論」是「胡說」，學界泰斗的不當發言以及隨即展開的「暴雨專案」，反而促成1960年起台灣武俠新秀的繁興，「武俠小說迷人的地方，恰恰在門道之上。」，葉洪生認定，武俠小說審美四原則在文筆、意構、雜學、原創性，他強調：「武俠小說，是一種『上流美』。」

集多年心血完成《台灣武俠小說發展史》，葉洪生認爲他已爲從十歲起迷上武俠小說的半世紀畫上完美句點，並且宣布他「以後決心退出武俠論壇，封劍退隱江湖」。

雖然葉洪生回顧武俠小說名家此起彼落，套太史公名言「固一世之雄也，而今安在哉？」，認爲這是值得深思的嚴肅課題，昨天意外現身研討會而備受矚目的溫世禮，則爲了紀念同是武俠迷的哥哥溫世仁，推出第一屆「溫世仁武俠小說百萬大賞」，即日起至今年10月3日截止收件，經兩階段評選後於明年12月7日公布首獎得主，預料將會是一場武林新秀的龍虎爭霸戰。

看明日誰領風騷？風雲時代出版社發行人陳曉林眼中的古龍，其實領先他的時代半世紀，以致如今雖然古龍逝世20年，陳曉林認爲大家對古龍的了解仍然有限，預言未來世代更能和古龍的後設風格共鳴。

昨天這場研討會，也凸顯武俠小說作爲一項文學研究門類，仍有待開發學習空間。多位與會者都指出，武俠小說的發表、出版方式和管道具考證難度，學術理論與論文格式的建立待加強。而武俠名家的版權之爭、市場競爭力，也增加出版推廣困難，古龍武俠小說的版權糾紛、司馬翎作品的版權官司也成爲研討會的場外話題。

第九屆文學與美

古龍兄為人慷慨豪邁、跌蕩自如，變化多端，文如其人，且復多奇氣，惜英年早逝，余與古兄當年交好，且喜讀其書，今既不見其人，又無新作可讀，深自嘆惜。

金庸

一九九六、十、十一、香港

九月鷹飛

（下）

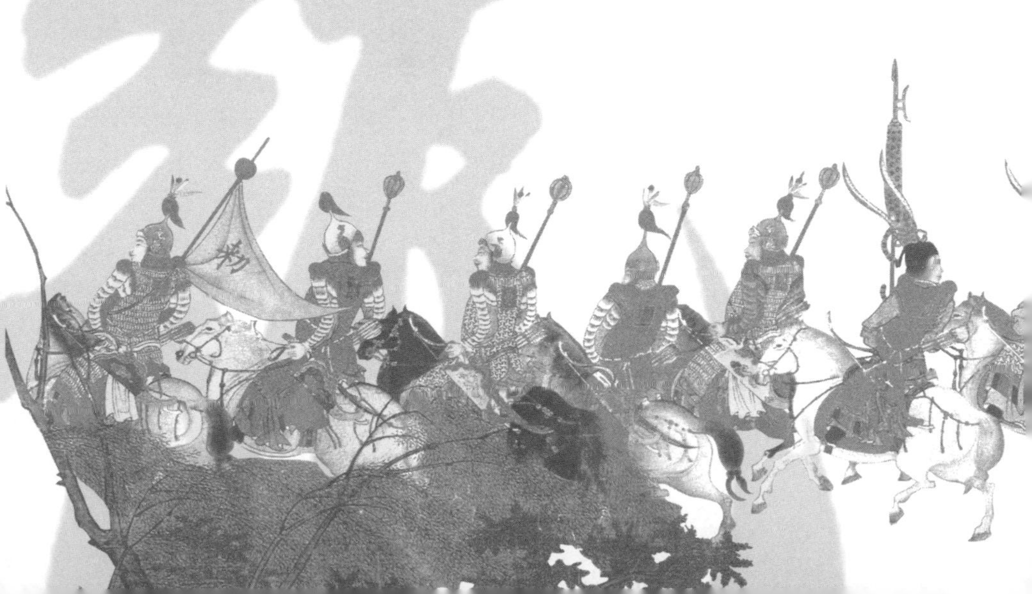

古龍精品集61

九月鷹飛（下）

目・錄

廿九　魔教血書

青銅的面具，在星空下發著青光。

呂迪的臉也是鐵青的，卻已扭曲，一雙凸出的眼睛裡，充滿了恐懼和不信。

他至死也不能相信一件事。

一件什麼事呢？

葉開嘆道：「他好像至死也不相信你能殺了他。」

墨九星冷冷道：「就因爲他不信，所以他才會死。」

葉開嘆息著，徐徐道：「有些事的確是一個人至死也不會明白的……」

葉開也有件事還不明白。

「多爾甲」既然是呂迪，那麼「布達拉」孤峰天王是誰呢？

死人已搬走，屋子裡卻還沒有燃燈。

葉開道：「晚上你自己從不點燈？」

墨九星反問道：「爲什麼要點燈？」

這句話問得很妙，葉開竟被問得怔了怔，苦笑道：「每個人到了晚上都要點燈的，點起燈來，才可以看清楚很多事。」

墨九星道：「不點燈我也一樣可以看得很清楚。」

葉開道：「我看不清楚。」

墨九星冷冷道：「你隨時都可以走，我並沒有留你。」

葉開又笑了，道：「可是你也沒有趕我走。」

墨九星道：「我不必。」

葉開道：「不必？」

墨九星道：「該走的時候，你總是要走的。」

葉開道：「什麼時候才是該走的時候？」

墨九星道：「找到孤峰的時候。」

葉開眼睛又亮了，立刻追問道：「你也知道孤峰是誰？」

墨九星沒有回答，卻又反問道：「你一定認爲呂迪是孤峰？」

葉開不能否認，苦笑道：「因爲他的確是個孤高驕傲的人。」

墨九星道：「現在你已能確定他不是孤峰？」

葉開道：「孤峰已受了傷，呂迪卻沒有。」

他已仔細看過，呂迪身上唯一的傷痕，就是墨九星留下的。

墨九星道：「你能確定孤峰已受傷？」

葉開道：「有人親眼看見的。」

墨九星道：「是什麼人親眼看見的？」

葉開道：「一個我絕對信任的人。」

墨九星冷笑，道：「你信任的人也好像不少。」

葉開嘆道：「我也知道這是我的大毛病，只可惜我總是改不了。」

墨九星不再說話。

草帽雖然已破了，卻還是恰好能遮住他的臉，誰也看不見他臉上的表情。

也許他臉上根本就沒有表情。

葉開忍不住又道：「你為什麼還是戴著這草帽？」

墨九星道：「因為外面有狗在叫。」

葉開怔了怔，道：「外面有狗叫，跟你戴草帽又有什麼關係？」

墨九星冷冷道：「我戴不戴草帽，跟你又有什麼關係？」

葉開笑了。

他忽然發現這人看來雖沉默寡言，其實卻是個很會說話的人，說出來的話，往往能一下子就封住別人的嘴，令人非但無法辯論，也無法再問下去。

葉開卻偏偏還有些話要問，而且非問不可。

墨九星在釘子上掛起了條長繩，竟真的躺在繩子上，而且還像是很舒服的樣子似的。

他睡覺的時候還是戴著那頂草帽。

禪房裡連凳子都沒有，葉開只有站著，搭訕著道：「據說青城是道家的三十六洞天之一，洞天福地，風物美不勝收。」

墨九星不理他。

葉開道：「你們隱居的那個地方，一定更是個世外桃源，卻不知我是不是有福氣去看一看？」

墨九星還是不理他。

葉開道：「那地方據說從來也沒有外人去過，你們也從來不跟外面的人來往，可是你一出山就找到了多爾甲，你的本事倒不小。」

墨九星閉上眼睛，似已睡著。

葉開卻還不死心，又問道：「你怎麼會知道多爾甲就是呂迪，你怎麼找到他的？」

墨九星忽然翻了個身，從繩子上跳下來，大步走了出去。

葉開當然也在後面跟著，道：「你要到哪裡去？」

墨九星道：「去找樣東西。」

葉開道：「去找什麼？是不是找布達拉？你能找得到他？」

墨九星道：「我找的東西，你若想要，我可以分一半給你。」

葉開道：「你想到哪裡去找？」

墨九星道：「就在這裡。」

葉開道：「這裡有什麼好找的？」

墨九星不再回答，卻又從身上拿出個木瓶，瓶子裡裝的也是粉末，卻是暗黃色的。

他將瓶裡粉末灑在地上，灑成個圓圈，卻又留下個缺口。

然後他就站在旁邊，等著。

葉開看不懂：「你這是幹什麼？」

墨九星道：「我在做飯。」

葉開道：「做飯？」

他更不懂。

墨九星道：「每個人都要吃飯的，我也是人。」

葉開還想再問，忽然看見院子裡出現了一點燈光，一個瘦瘦長長的和尚，左手提著一盞燈籠，右手端著個木盤，從前面走入了院子，臉上還帶著三分恐懼，二分猶疑，想過來，又不敢。

這和尚正是苦竹。

墨九星道：「你來幹什麼？」

苦竹道：「我是送東西來的。」

墨九星道：「送什麼？」

苦竹舉了舉手裡的木盤，道：「屍身我已收殮，這是我從他們身上找到的東西，全都在這裡。」

墨九星冷冷道：「你這和尚倒還老實。」

苦竹苦笑道：「和尚有時雖然也貪財，卻還不致於吞沒死人身上的東西。」

他走過來，放下木盤，立刻就溜了。

和尚總是怕麻煩的，更不想多管閒事。

葉開道：「看來一個人只要做了和尚，想不老實也不行了。」

墨九星道：「所以你也應該去做和尚的，做了和尚，你至少可以活得久些。」

盤子裡有五柄彎刀，一塊玉牌，七、八顆珍珠，還有封開了口的信。

玉牌上刻著的果然是根權杖，魔教中的四大天王，每個人身上好像都有塊這樣的玉牌的。

這並不奇怪，奇怪的是這封信。

這是用血寫的，只有十幾個字：

「初三正午入長安，會於延平門，請相信。」

下面沒有具名，卻畫了座山峰。

孤峰。

葉開長長吐出口氣，道：「這一定是孤峰寫給多爾甲的，要多爾甲在延平門等他。」

墨九星道：「初三就是明天。」

葉開道：「明天他真的會來？」

墨九星道：「當然會來，他並不知道多爾甲已是個死人。」

葉開道：「現在他在什麼地方？那地方難道沒有筆墨？他爲什麼要用血來寫信？」

墨九星道：「血書通常只有兩種意思。」

葉開道：「哪兩種？」

墨九星道：「一種是臨危時的絕筆，一種是表示情況的危急嚴重。」

葉開忽然笑了笑，道：「也許這只不過因爲他已受了傷，本就有血要流出來。」

墨九星道：「魔教中人寫血書，通常都不是用自己的血。」

葉開道：「你認爲這封信是真的？」

墨九星道：「絕對不假。」

葉開道：「你怎麼能確定？」

墨九星又閉上了嘴。

就在這時，竹林裡忽然響起了一陣奇異的聲音。

一種無法形容，不可思議的聲音。

無論誰聽見這種聲音，都一定會毛骨悚然，甚至會忍不住嘔吐。

葉開看見的事，卻比這聲音更可怕。

他忽然看見大大小小，也不知有多少條毒蛇、壁虎、蜈蚣蠕動著，從竹林裡爬了出來，爬入了墨九星用粉末圍成的圓圈。

葉開只覺得胃在收縮，勉強忍耐住，道：「這就是你的晚飯？」

墨九星點點頭，喃喃道：「我一個人吃已夠了，兩個人吃就還少了些。」

葉開駭然道：「兩個人吃？還有誰要來？」

墨九星淡淡道：「沒有別人了，我一向很少請客。」

葉開道：「現在你只有一個人。」

墨九星道：「你不是人？」

葉開倒抽了口涼氣，苦笑道：「這麼好的東西，還是留給你一個人享受吧，我不敢奉陪。」

墨九星冷冷道：「你不肯賞光？」

葉開道：「我……我還有約會，我要到外面去吃飯，吃完了我就回來。」

話還沒有說完，他已溜之大吉。

他這一生，從來也沒有被人駭得逃走過，可是現在卻逃得比一隻中了箭的兔子還快。

墨九星忽然大笑，道：「你若在外面吃不飽，不妨再回來吃點心，我可以留兩條最肥的蜈蚣給你。」

葉開已越牆而出，連頭都不敢回。

這是他第一次聽見墨九星的笑聲，也是最後一次。

這飯舖很小，卻很乾淨。

現在已過了吃晚飯的時候，除了他之外，飯舖裡已沒有別的客人。

葉開要了兩樣菜，一壺酒。

他本不想喝酒的。

——酒入愁腸，化作相思淚。

也許只要一杯酒，就能勾起他的傷心事。

現在不是傷心的時候，他就算要傷心，也得等到這件事過去以後。

只可惜一個人愈是想勉強控制自己不喝酒的時候，反而忍不住要去喝兩杯的。

「我只喝兩杯。」

他在心裡警告自己，絕不能多喝，夜還很長，明天一定是非常艱苦的一天。

可是兩杯酒喝下去後，他就覺得世界上有很多事都沒有他剛才想的那麼嚴重了。

所以他又喝了兩杯。

他忽然想起了丁靈琳。

丁靈琳若是在這裡，一定也會陪他喝兩杯的。

他們常常坐在這種小店裡，喝兩杯酒，剝幾顆花生，過一個平靜的晚上。

當時他總是覺得這種生活太單調，太平靜，可是現在他已知道自己錯了。

現在他才知道，平靜就是幸福。

——人們爲什麼總是要等到幸福已失去了時，才能真正明白幸福是什麼？

風很冷，很冷。

夜也很冷。

在如此寒冷的冬夜裡，一個寂寞的浪子，又怎麼能心不酸？

寂寞，刀一樣的寂寞。

對一個幸福的人來說，寂寞並不可怕，有時甚至反而是種享受。

可是等到他的幸福已失去時，他就會瞭解寂寞是件多麼可怕的事了。

有時那甚至比刀鋒更尖銳，一下子就能刺入你的心底深處。

葉開的心在刺痛。

若不是外面突然傳來一聲慘呼，他一定會心酸的。

他已無法控制自己。

可是就在他第七次舉杯的時候，寒風中忽然傳來一聲慘呼。

呼聲是從十方竹林寺那邊傳來的。

這小店鋪就在竹林寺後。

慘呼聲響起，他的人已箭一般竄了出去。

然後他就看見了兩個人。

兩個死人，像麻袋般搭在禪院外的短牆上，繡花長袍，青銅面具，正是多爾甲的身外化身。

葉開鬆了口氣。

他並不是個沒有同情心的人，可是對這兩個人的死，他實在並不太同情。

他們既然已走了，爲什麼還要回來送死？

他們既然要回來，墨九星當然就不會讓他們再活著走出去。

這也不值得吃驚。

葉開只不過嘆了口氣而已，等到他看見墨九星時，才真的吃了一驚。

他實在想不到墨九星竟也已是個死人。

院子裡還是沒有燃燈。

墨九星就倒在院子裡，整個人都已扭曲收縮，就像是個縮了水的布娃娃。

葉開怔住。

他知道牆頭上的兩個人是死在墨九星手裡的，但他卻想不出墨九星是怎麼會死的。

他看見過墨九星的武功。

一個人若已能將自己的功力練得收放自如，別人要殺他，就很不容易。

何況，墨九星的沉著和冷靜，也是很少有人能比得上的。

是誰殺了他？有誰能殺他？

葉開俯下身。

草帽還在墨九星頭上，可是現在他已不能再拒絕別人摘下來。

葉開摘下這頂草帽，就看見了一張慘碧色的，已扭曲變形的臉。

他是中毒而死的。

是誰下的毒？

葉開動也不動的站著，刀鋒般的冷風，一陣陣刺在他臉上。

他終於明白墨九星是怎麼死的了。

但他卻還是不明白，墨九星爲什麼總是要將這頂草帽戴在頭上。

這頂草帽並沒有特別的地方。

墨九星的臉上，也並沒有什麼地方是葉開看不得的。

除了臉上的寒星外，他也是個很平凡的人，只不過比葉開想像中蒼老些。

一個很平凡的人，一頂很平凡的草帽，這其中難道還有什麼不平凡的秘密？

葉開慢慢的放下草帽，蓋住了墨九星的臉，苦笑著道：「你爲什麼不也像別人一樣吃牛肉呢？至少牛肉總是毒不死人的。」

墨九星的屍身也已收殮。

苦竹雙掌合什，嘆息著道：「天有不測風雲，人有旦夕禍福，我佛慈悲，阿彌陀佛。」

他嘴裡雖然在唸著佛號，臉上卻連一點悲傷的樣子都沒有。

對墨九星的死，他顯然也並不太同情。

葉開笑了笑，道：「出家人不該幸災樂禍的。」

苦竹道：「誰幸災樂禍？」

葉開道：「你。」

苦竹苦笑道：「出家人應該有好生之德，可是，他死了我的確不太難受。」

葉開道：「你這和尚雖然多話，說的倒好像都是老實話。」

苦竹嘆了口氣，道：「老實說，若不是因為我有多話的毛病，現在我早已當了大相國寺的住持。」

葉開笑了。他覺得這和尚非但不俗，而且很有趣。

苦竹又開始在唸經，超度墨九星的亡魂。

葉開忍不住又打斷了他的經文，道：「這裡做法事的只有你一個人？」

苦竹道：「別的和尚都已睡著，這裡雖然是個廟，可是到這裡來做法事的人並不多，到這裡來的施主們，大多數都是爲了吃素齋，看風景的。」

他嘆息著又道：「老實說，這個廟簡直就跟飯館客棧差不多。」

這的確又是老實話。

葉開又笑了笑，忽然問道：「你知不知道他是怎麼會死的？」

苦竹搖頭。

葉開道：「就是因爲你太多話，所以他才會死。」

苦竹臉色變了變，勉強笑道：「施主一定是在開玩笑。」

葉開道：「我從不在死人面前開玩笑。」

苦竹道：「施主難道還看不出他是被毒死的？」

葉開道：「你看得出？」

苦竹道：「這裡的蛇大多數都有毒，何況還有蠍子、蜈蚣。」

葉開道：「有些人天生就能吃五毒，有毒的毒蛇也毒不死他。」

苦竹道：「可是除了他自己抓的那些毒蟲外，他並沒有吃別的。」

葉開道：「那些毒蟲既然是他自己抓的，怎麼能毒得死他？」

苦竹怔了怔，喃喃道：「看來這件事倒的確有點古怪。」

葉開卻又笑道：「其實這件事並不古怪。」

苦竹不懂。

毒。」

葉開道：「他的確是被那些毒蟲毒死的，只因爲那些毒蟲身上，又被人下了種他受不了的毒。」

苦竹道：「是誰下的？」

葉開道：「死在牆頭上的那兩個人。」

苦竹鬆了口氣，道：「這跟我多話又有什麼關係？」

葉開道：「有關係。」

苦竹道：「哦？」

葉開道：「若不是你多話，別人怎麼會知道他吃的是五毒？」

——別人若不知道他吃的是五毒，又怎麼會在那些毒蟲身上下毒？

苦竹說不出話來了。

葉開道：「下毒的人想看看他是不是已經被毒死，想不到他臨死之前，還能把他們殺了報仇。」

這解釋的確合情合理。

葉開道：「像他這種人，無論誰對他不起，他無論死活，都一定不會放過的。」

苦竹喃喃道：「活著時是兇人，死了也一定是惡鬼。」

葉開道：「所以你千萬要小心些。」

苦竹變色道：「我……我小心什麼？」

葉開盯著他，緩緩道：「小心他忽然從棺材裡跑出來，割下你的舌頭，讓你以後再也沒法子多話。」

苦竹臉色變得更難看，忽然道：「我的頭疼得很，我也要去睡了。」

葉開道：「你不能走。」

苦竹彷彿又吃了一驚，道：「爲什麼？」

葉開道：「你若走了，誰來超度他的亡魂？」

苦竹道：「他用不著別人超度，這種人反正一定要下地獄的。」

星光閃爍。大殿裡充滿了一種說不出的陰森詭秘之意。黑暗中彷彿真的有些含冤而死的惡鬼，在等著割人的舌頭。苦竹簡直連片刻也待不下去了，連手裡敲木魚的棒槌都來不及放下，掉頭就走，走過門檻時幾乎被絆了個跟斗。

葉開看到他走出去，眼睛裡忽然露出種很奇怪的表情。

出家人本不該怕鬼的，除非他做了些見不得人的虧心事。他做了什麼虧心事？他是真的怕鬼，還是怕別的？

五口嶄新的棺材，並排擺在大殿裡。

葉開還沒有走。他不怕鬼，他沒有做過虧心事。

他站在冷風中，看著這五口嶄新的棺材，喃喃道：「這廟裡雖然很少做法事，準備的棺材倒不少，難道這裡的和尚都能未卜先知，早已知道今天晚上會死很多人？」

他說的聲音很輕。因爲他知道這些問題誰也不能答覆，他本是說給自己聽的。就在這時，苦竹忽然又從外面衝了進來，張大了嘴，伸出了舌頭，彷彿想叫，卻叫不出聲音來。葉開忽然發現他不但臉色變了，舌頭的顏色也已變了，變成種可怕的死黑色。他指著自己的舌頭，好像要對葉開說什麼，卻又說不出。

葉開衝過去，才發現他舌頭上有兩個牙印，竟顯然是毒蛇的牙印。

他的舌頭在嘴裡，毒蛇怎麼會咬到他舌頭上去的，莫非這裡真有惡鬼要封住他的嘴。

苦竹忽然說出了一個字：「刀！」

「你要我用刀割下你的舌頭？」這句話說出，葉開也不禁機伶伶打了個寒噤。

只見苦竹的舌頭愈腫愈大，呼吸愈來愈急促，突然用盡全身力氣一咬。

一截舌頭被他自己咬了下來，血濺出。血也是黑的。

苦竹終於發出了聲慘呼。叫聲戛然停頓時，他的人也已倒下，臨死之前，竟還是割下了自己的舌頭。

這多嘴的和尚，無論死活都已不能多嘴。

三十　久別重逢

風更冷。

葉開迎著風走出去，身上的冷汗被風一吹，就像是一粒粒冰珠一樣。

他實在也不敢在那大殿中耽下去。

他不怕鬼。

可是那大殿裡卻像是隱藏著一些比鬼更可怕的事。

遠處傳來更鼓。

三更已過。

這古老的城市裡，燈火已寥落，無論走到哪裡，都是一片黑暗。

若是在夏天，也許還可以找到一、兩處喝酒吃宵夜的地方。

只可惜現在還是春天。

也許就因爲現在絕對找不到酒喝，所以葉開忽然覺得很想喝兩杯。

他嘆了口氣，走出橫巷，實在不知道該到哪裡去，今天晚上他甚至連睡覺的地方都沒有。

就在這時候，突聽有人帶著笑道：「我知道一個地方還有酒喝，你跟不跟我走？」

雖然有星光，巷子裡卻還是黑暗的，一個人大袖飄飄，在前面走。

葉開在後面跟著。

前面的人一直沒有回頭。

葉開也一直沒有問，更沒有趕上去。

前面的人走得並不快，但是對這裡的街道巷弄卻很熟悉。

葉開跟著他七轉八轉，連方向都已幾乎無法分辨，只見前面一道高牆，裡面的庭院彷彿很深，這人長袖一拂，居然輕飄飄的越過高牆。

這人不但輕功極高，身法也極美妙，連葉開都很少見到輕功這麼高的人。

高牆內也是一片黑暗，冷風中浮動著一陣陣沁人心脾的暗香。

星光下疏枝橫影，盡是梅花。

葉開跟著越牆而入，才發現這地方就是他初到長安時來過的冷香園。

經過了那一次詭秘慘厲的惡戰後，這昔日的長安第一名園中，竟已荒無人跡。

連燈光都沒有，只有寒風吹著花枝，發出一陣陣彷彿嘆息一般的聲音。

是誰在嘆息，在爲誰嘆息？

是不是爲了那些屈死在這裡的鬼魂？

冷香園，曲徑通幽。

前面的人對這裡的地勢竟似也很熟悉，葉開又跟著他七轉八轉，穿過一道門，來到一重小院。

院子裡也沒有人，沒有燈光，沒有聲音。門是開著的。

這人走過去推開了門，自己卻閃到旁邊，道：「請進。」

葉開沒有進去。

那人道：「你不進去？」

葉開道：「我爲什麼要進去？」

那人道：「裡面有人在等你。」

葉開道：「誰？」

這人道：「你進去看看就知道了。」

葉開道：「你不進去？」

這人道：「人家等的是你，不是我。」

他的聲音很奇怪，臉上蒙著塊和衣服同樣顏色的絲巾。

葉開盯著他，忽然笑了，微笑著道：「你明明知道我能認得出你，爲什麼偏偏不肯見我？」

這人彷彿吃了一驚，失聲道：「你……你認得出我？」

葉開嘆了口氣，道：「我若認不出，就不僅是個瞎子，而且還是個呆子。」

這人垂下頭，輕輕的問：「爲什麼？」

葉開道：「你不知道？」

這人的聲音更輕，道：「是不是因爲你心裡已有了我？」

葉開沒有回答，眼睛裡的表情忽然又變得很奇怪。

無論這種表情是什麼意思，至少不是在否認。

這人終於抬起頭，掀開了臉上的絲巾，星光就照在她臉上。

如此靜夜，如此星光，她的臉看來美麗得就像是梅花的精靈，天上的仙子。

她的眼睛更美，卻又彷彿帶著種無法向人敘說的幽怨和感傷。

她凝視著葉開，輕輕道：「我的確應該知道你能認得出我來的，因爲，你就算化成了灰，我也認得出你。」

她的聲音也美，美得就像是春天傍晚吹過大地的柔風。

如此美麗的眼睛，如此美麗的聲音，除了上官小仙還有誰？

葉開也在凝視著她，道：「但是你卻希望我認不出你。」

上官小仙點點頭。

葉開道：「爲什麼？」

上官小仙遲疑著，道：「你進去看看，就知道是爲什麼了。」
葉開道：「你不進去？」
上官小仙道：「我可以在外面等著。」
葉開道：「爲什麼要在外面等？」
上官小仙笑了笑道：「因爲你進去了之後，一定也希望我在外面等著。」
她笑得不但很淒涼，而且很神秘。
她實在是個神秘的女人，總是會做出一些令人意想不到的事。
葉開沒有再問。
因爲他瞭解她，她不肯說的事，無論誰也問不出的。
門開著，被風吹得「吱吱」的響。
葉開終於走了進去，走入了黑暗中……

外面還有星光，屋子裡更黑暗。
葉開什麼也看不見，卻聽到一陣陣很輕很輕的呼吸聲。
屋子裡果然有人。
「是誰？」
沒有人回應，連呼吸聲都似已停止。

這個人既然是在屋子裡等葉開，爲什麼又不肯回答葉開的話？

難道這又是上官小仙的陰謀，難道這地方又是個陷阱？

否則她帶葉開來的時候，爲什麼不肯以真面目跟他相見？

假如是別的人，說不定早已退了出去。

可是葉開沒有。

他心裡忽然有了種連他自己都無法解釋的奇異感覺。

一陣風吹過，「砰」的，門忽然關了起來。

現在他就算想走，也沒法子走了。

屋子裡更暗，的確已伸手不見五指，但那呼吸聲卻又響了起來。

呼吸聲本來是在前面的，現在已退入了屋角。

他爲什麼要退？

是不是因爲他也在害怕？

葉開沉住了氣，道：「不管你是誰，你既然在等我，就該知道我是誰。」

沒有回答。

葉開道：「我並不是個凶惡的人，所以你根本不必怕我。」

他一面在說話，一面已走過去。

他走得很慢。

突然間，一陣冷風迎面向他吹過來。

他什麼都沒有看見，但是他可以感覺得到，只有刀風才會這麼冷。

這柄刀他卻也看不見。

——看不見的刀，才是殺人的刀。

這人是誰，為什麼要殺他？

刀風不但冷，而且急。

葉開身形一閃，突然閃電般出手，扣住了這人的手。

手冰冷。

這隻手他當然也看不見，可是他也能感覺得到，所以能抓住。

真正的武林高手，都有種奇異的，無法解釋的感覺，就像是野獸的本能一樣。

這人的手在發抖，卻還是不肯開口。

葉開的手也突然發抖，因為他已隱約猜出了這個人是誰。

他嗅到了這人身上的氣息。

每個人都有他自己特殊的氣息，這個人的氣息他永遠也不會忘記。

死也不會忘記。

就在這一瞬間，這個人已擺脫他的手，又退入了屋角。

這次葉開並沒有再逼過去，事實上，他整個人都已僵硬，就像是塊木頭般怔住。

他想不到這個人會在這裡，更想不到這個人會殺他。

冷汗已開始從他額上流下。

「我是小葉。」他盡力控制自己：「難道你聽不出我的聲音？」

還是沒有回應。呼吸聲卻更急促，彷彿充滿恐懼。

葉開咬了咬牙，非但沒有再往前走，反而一步步向後退，退到門口，突然轉身，用力拉門。

門居然一拉就開了。

他衝出去，上官小仙居然真的還在院子裡等著。

看到了他的表情，她眼睛裡充滿了同情和關切，迎上來問道：「你已知道屋子裡的人是誰？」

葉開點點頭，握緊雙拳，道：「你爲什麼不點起燈來？」

上官小仙道：「我又不在屋子裡。」

葉開道：「你沒有火摺子？」

上官小仙道：「我有。」

葉開道：「既然有，爲什麼剛才不給我？」

上官小仙沒有回答這句話，只是默默的將火摺子交給了他。

葉開立刻又衝進去，打亮了火摺子。

一個人癡癡的站在屋角，赫然竟是丁靈琳。

葉開終於看見了她，終於找到了她。

沒有人能形容他此刻的感覺，也沒有人能想像。

可是丁靈琳卻突然瘋狂般大叫了起來，指著他手裡的火摺子，大叫道：「火……火……」看見了火光，她就像是突然變成了一隻驚駭負傷的野獸。她整個人都縮成了一團，不停的發抖，美麗的臉也已因驚駭而變了形，一直不停的大叫：「火……火……」

她只看見了火，卻沒有看見葉開。她竟似已不認得葉開。火光立刻熄滅，屋子裡又是一片黑暗。

葉開的心也沉入了黑暗裡，無邊無際的黑暗。也不知過了多久，他又悄悄的退了出去，無言的將火摺子還給了上官小仙。

上官小仙苦笑道：「你現在是不是已明白，剛才我爲什麼不肯給你火摺子？」

葉開無語。

上官小仙嘆道：「她是從火窟中逃出來的，她受的驚駭太大，可是……可是我實在想不到，她竟已連你都不認得。」

葉開黯然，過了很久才問道：「你是在哪裡找到她的？」

上官小仙道：「就在這裡。」

葉開道：「幾時找到的？」

上官小仙道：「她逃出火窟後，想必就已躲到這裡來，可是我直到今天晚上才找到她。」

她垂下頭，又道：「我知道你看見她這樣子，一定會很難受，可是我又不能不帶你來。」

葉開道：「你……」

上官小仙打斷了他的話，道：「我本不想讓你知道是我帶你來的，因爲……因爲……」

葉開道：「因爲什麼？」

上官小仙垂著頭，沉默良久，才淒然道：「我也不知道究竟爲了什麼，也許是因爲我不願讓你爲了這件事而感激我，也許是因爲我害怕。」

葉開道：「害怕？」

上官小仙神情更悲傷，道：「她變成這樣子，我也有責任，我怕你怪我，恨我……我更怕你見了她之後，會從此不理我。」

葉開道：「但你卻還是帶我來了。」

上官小仙道：「所以我自己也不知道自己究竟是在做什麼？」

星光照在她臉上，她淚已流下。無論誰都應該能看得出，她心裡是多麼矛盾，多麼痛苦。

葉開卻好像看不見，忽然走到院子中央，翻了三個跟斗，站起來，站得筆直，長長吸了口氣，拉平了身上的衣服，地上的積雪未溶，一枝梅花也不知被誰折斷，落在積雪上。

他拾起來，摘下一朵，插在衣襟上，然後再走回來，忽然對上官小仙笑了一笑，道：「你猜我現在想幹什麼？」

上官小仙吃驚的看著他，似已看得發怔。

葉開道：「我想去找個地方睡一覺。」

上官小仙更吃驚，道：「現在你想去睡覺？」

葉開點點頭，道：「明天中午我還有事，我一定要養足精神。」

上官小仙道：「你……你睡得著？」

葉開道：「我為什麼睡不著？」

上官小仙道：「可是丁靈琳……」

葉開道：「不管怎麼樣，我們現在總算已找到了她，別的事都可以等到以後再說。」

上官小仙道：「她這樣子你能放心得下？」

葉開微笑道：「有金錢幫的幫主在這裡保護她，我還有什麼不放心的。」

上官小仙看著他，就好像從來也沒有看見過像他這種人。這種人實在少見得很。無論誰遇見這種事，都一定會很懊惱憂慮，可是他翻了三個跟斗，就忽然將一切憂慮全都遠遠的拋開了。

上官小仙嘆了口氣，苦笑道：「看來就算有天大的煩惱，你也能一下子就拋開。」

葉開道：「這世上本沒有什麼值得煩惱的事。」

上官小仙嘆道：「你實在是個很有福氣的人。」

葉開居然沒有否認。

上官小仙忍不住又問道：「明天中午，你有什麼事要做？」

葉開道：「我有個約會。」

上官小仙道：「什麼約會？」

葉開道：「孤峰和多爾甲約好了明天中午在延平門相見。」

上官小仙皺眉道：「這是他們的約會，你……」

葉開打斷了她的話，道：「現在多爾甲既然已死了，這約會就變成我的。」

上官小仙道：「你想乘此機會，找出孤峰來？」

葉開道：「嗯。」

上官小仙道：「每天正午，出入延平門的人也不知有多少，你怎麼知道誰是孤峰？」

葉開道：「我總有法子找到的。」

上官小仙道：「什麼法子？」

葉開又笑了笑，道：「現在連我自己也不知道，可是到時候我就能想出來。」

他微笑著，又道：「這世上本就沒有什麼不能解決的事，對不對？」

上官小仙只有苦笑。

冷香園裡可以睡覺的地方當然很多，葉開居然真的說走就走。

上官小仙看著他走出去，又忍不住大聲道：「你自己去睡覺，卻要我替你在這裡保護她？」

葉開微笑著揮了揮手，已走得人影不見。

上官小仙不禁又嘆了口氣，苦笑著道：「現在我才知道他為什麼總是沒有煩惱了，因為他總是能將他的煩惱送給別人的。」

這的確是葉開的本事。他若沒有這種本事，現在只怕早已一頭撞死。

初三，上午。

葉開大步走進了院子。他身上穿的衣服又髒又皺，至少已有好幾天沒洗澡。他的髮髻蓬亂，襟上的花也已枯了。

最近他遇見的事，若是換了別人早已活不下去。可是他走進院子來的時候，卻顯得容光煥發，精神抖擻，就像是剛發了財，又中了狀元，要想再找個比他神氣的人都很難。

上官小仙正倚著窗戶，看著他臉上的表情也不知是想哭，還是想笑。

葉開大步走過去，微笑道：「早！」

上官小仙咬著嘴唇，道：「現在好像已不早了。」

葉開道：「雖然不早，也不太晚。」

上官小仙道：「看來你一定睡得很熟。」

葉開笑道：「睡得簡直就像死人一樣。」

上官小仙苦笑道：「我實在想不到你居然真的能睡著。」

葉開道：「我想睡時，就算天塌下來，我也照睡不誤。」

丁靈琳也睡著了，也睡得沉，手裡卻還是握著把刀。

葉開道：「她什麼時候睡了？」

上官小仙道：「天亮了才睡。」

桌上有個湯碗，是空的。

葉開道：「看來她好像也吃了點東西。」

上官小仙道：「吃了一碗燉雞麵，吃完了才肯睡。」

她苦笑著，又道：「幸好她總算睡了，否則我連門都進不來。」

葉開道：「爲什麼？」

上官小仙道：「無論誰一走進來，她就拿著刀要殺人。」

葉開笑道：「不管怎麼樣，能吃得下，睡得著，總是好事。」

上官小仙嘆道：「只可惜我吃也吃不下，睡也睡不著，我實在沒有你們這麼好的福氣。」

她眼珠子轉了轉，忽又問道：「你想出法子來沒有？」

葉開道：「我還沒有開始想。」

上官小仙道：「你準備什麼時候才開始想？」

葉開道：「到了城門再想。」

上官小仙苦笑道：「你倒是一點也不著急。」

葉開道：「船到橋頭自然直，這句話我一直都很相信。」

上官小仙道：「現在你想幹什麼？」

葉開道：「想吃一大碗滾燙的燉雞麵。」

卅一 漫天要價

陽光普照，今天居然又是好天氣。

葉開大步走出了冷香園，看來更神氣十足，因爲一大碗滾燙的燉雞麵已下了肚。

麵是在冷香園裡吃的。

今天一大早，上官小仙就叫人在廚房裡開了伙。

——有錢能使鬼推磨，金錢幫無論做什麼事，好像都比別人快得多。

而且那碗燉雞麵的滋味，竟比葉開所吃過的任何一碗麵都好得多。

這並不是因爲他的肚子特別餓，而是因爲做麵的師傅，竟是特地從杭州奎元館找來的。

——金錢幫裡無論做什麼事的人，都絕對是第一流的人才。

看來這並不是吹噓。

葉開吃光了那碗麵，心裡卻不太舒服。

他愈來愈看不透金錢幫究竟有多大的力量，他甚至無法想像。

轉過幾條街，就是很熱鬧的太平坊。

葉開花了三十文錢買了一大包花生，又花了五十文錢買了兩根長竹竿。

他已學會了在緊張的時候剝花生。

手裡有件事做，總可以使人的神經鬆弛些。

可是他買竹竿幹什麼呢？

延平門在城南。

穿過豐澤坊和待賢坊，就是延平門。

——每天中午，也不知有多少人出入延平門。

這句話也不假。

站在待賢坊的街頭看過去，城門內外，人群熙來攘往，各式各樣的人都有。

——你還是一樣看不出孤峰是誰。

葉開的確看不出。

他先坐在茶館裡喝了壺茶，問夥計要了根繩子，又要了張紅紙。

然後他就用櫃上的筆墨，在紅紙上寫了八個大字。

「高價出售，貨賣識家。」

雖然已有很久未曾提筆，這八個字居然寫得還不錯。

葉開用兩根竹竿將這張紅紙張起來，放在城門口，又看了兩遍，對自己覺得很滿意。

可是他要「高價出售」的究竟是什麼？

難道是他自己？

葉開當然不會出賣自己。

日色漸高，已近正午。

他忽然從懷裡拿出個青銅面具和塊玉牌，用繩子繫起來，高挑在竹竿上。

這正是多爾甲的遺物。

猙獰的青銅面具，在太陽下閃閃的發著青光，玉牌卻晶瑩圓潤，珍貴可愛。

進出城門的人，都不免要多看它兩眼，卻沒有人來問津。

這面具實在太可怕，誰也不願買這麼樣個面具帶回去。

葉開當然也不會著急。

這面具只不過是他的魚餌，他要釣的是條大魚。

——一條會吃人的大魚。

忽然間，一輛黑漆大車在前面停住。

這輛車是從城外來的，本要馳過去，停得很突然。

一個服飾很華麗，白面微鬚的中年人伸出頭盯著竹竿上的面具和玉牌看了兩眼，就推開車門走下去。

終於有生意上門了。

葉開卻還是很沉得住氣。

要想釣大魚，就一定要沉得住氣。

這中年人背負著雙手走過來，一雙看來很精明，很銳利的眼睛，始終盯在竹竿上，忽然問道：「這是不是要賣的？」

葉開點點頭。

指了指紅紙的八個字。

中年人淡淡道：「這塊玉倒是漢玉，只可惜雕工差了點。」

葉開道：「非但雕工差了些，玉也不太好。」

中年人面上露出笑容，道：「你這人做生意倒還很老實。」

葉開道：「我這人本來就老實。」

中年人道：「卻不知你想賣什麼價錢？」

葉開道：「高價。」

中年人道：「高價是多少？」

葉開道：「你不妨先出個價錢。」

中年人上上下下打量了他幾眼，又看了眼竹竿上的玉牌，道：「三十兩怎麼樣？」

葉開笑了。

中年人也笑了，道：「這價錢我雖已出得太高了些，可是君子一言，我也不想再殺你的價。」

葉開道：「三十兩？」

中年人道：「十足十的紋銀三十兩。」

葉開道：「你是想買哪一樣？」

中年人道：「當然是這塊玉牌。」

葉開道：「三十兩卻只能買這根竹竿。」

中年人臉上的笑容一下子就看不見了，沉下了臉，道：「你想要多少？」

葉開道：「三萬兩。」

中年人幾乎叫了起來：「三萬兩？」

葉開道：「十足十的紋銀三萬兩。」

中年人吃驚的看著他，就好像在看瘋子。

葉開悠然道：「這塊玉牌的玉質雖然不太好，雕工也很差，可是你若要買，就得出三萬兩，少一文我都不賣。」

中年人一句話都不再說，掉頭就走。

葉開又笑了。在旁邊看熱鬧的人也在笑。

「一塊玉牌就想賣三萬兩，這小子莫非是窮瘋了？」

「這種價錢，也只有瘋子才會來買。」

當然已沒熱鬧可看。那輛黑漆大車已轉過街角，看熱鬧的人也已準備走。

誰知街角後突又傳來馬嘶聲，那輛黑漆大車忽然又趕了回來，來時竟比去時還快。

趕車的馬鞭高舉，呼哨一聲，馬車又在前面停下。

那中年人又推門走了下去，一張白白淨淨的臉上，帶著種很奇怪的表情，大步走到葉開面前，道：「你剛才要三萬兩？」

葉開點點頭。

中年人忽然從身上拿出一疊銀票，數了又數，正是三十張。

「拿去。」他居然將這三十張銀票全都遞過去給葉開。

葉開卻沒有伸手接，反而皺了眉，問道：「這是什麼？」

中年人道：「這是銀票，全是京城四大恆開出來的，保證十足兌現。」

葉開道：「保證十足兌現？」

中年人道：「我姓宋，城西那家專賣玉器古玩的『十寶齋』就是我開的，這裡的街坊鄰居們，想必也有人認得我。」

「十寶齋」是多年的金字招牌，宋老闆也是城裡有數的富翁。

人叢中的確有人認得他。

可是，做生意一向最精的宋老闆，怎麼肯花三萬兩銀子買塊玉牌？莫非他也瘋了？

葉開卻偏偏還不肯伸手去接，又問道：「這銀票是多少？」

宋老闆道：「當然是三萬兩，這是一千兩一張的銀票，一共三十張，你不妨先點點數。」

葉開道：「不必點了，我信得過你。」

宋老闆終於鬆了口氣，道：「現在我是不是已可將這塊玉牌拿走？」

葉開道：「不行。」

宋老闆怔了怔，道：「爲什麼還不行？」

葉開道：「因爲價錢不對。」

宋老闆的白臉已變黃了，失聲道：「你剛才豈非說好的三萬兩？」

葉開道：「那是剛才的價錢。」

宋老闆道：「現在呢？」

葉開道：「現在要三十萬兩。」

「三十萬兩？」

宋老闆終於叫了起來，臉上的表情，就好像一條忽然被人踩住了尾巴的貓。

旁邊看熱鬧的人，表情也跟他差不了多少。

葉開臉上卻連一點表情也沒有，悠然道：「這塊玉並不好，雕工也差，可是現在無論誰要買，都得三十萬兩，少一文也不賣。」

宋老闆跺了跺腳，扭頭就走，走得很快，可是走到馬車前，腳步反而慢了下來，臉上又露出那種奇怪的表情，竟像是在恐懼。

他恐懼的是什麼？

他自己的馬車裡，有什麼能令他恐懼的事。

最奇怪的一點，還是三萬兩這價錢明明已將他氣走了，他爲什麼又去而復返？

葉開的眼睛裡在發著光，一直盯著馬車的窗子，只可惜車廂裡太暗，從外面的陽光下看過去，什麼也看不見。

宋老闆已準備去拉車門，但卻也不知道爲了什麼，剛伸出手，又收了回來。

車廂裡卻像是有個人輕輕說了句話，誰也聽不見他說的什麼。

宋老闆卻聽見了，臉上的表情，就像是忽然又被人踢了一腳。

是誰在車廂裡？

爲什麼一直躲在裡面不露面。

他在說什麼？

宋老闆聽了他這句話，爲什麼會如此吃驚？

葉開眼睛裡光芒閃動，竟好像已找出了些問題的答案。

——現在要買這塊玉牌的，並不是宋老闆，而是躲在車廂裡的這個人。

——他自己不肯出面，就逼著宋老闆來買。

——宋老闆顯然被他威脅住了，想不買都不行。

——這人是用什麼手段來威脅宋老闆的？爲什麼一定要買到這塊玉牌？

——除了魔教中的人外，還有誰肯出這麼高的價錢來買一塊玉牌？

——難道這人就是孤峰？

寒冬時的陽光，當然不會太強烈，風吹在人身上，還是冷得很。

可是宋老闆卻已滿頭大汗。

他站在車門前發著怔，一雙手抖個不停，忽然長長嘆了口氣，又轉身走了回來，臉上的表情看來又像是個被人綁上法場的死刑犯。

葉開看著他走過來，悠然道：「你現在已肯出三十萬兩？」

宋老闆緊握了雙拳，居然真的點了點頭，滿頭大汗涔涔而落，咬著牙恨恨道：「三十萬就三十萬。」

葉開笑了。

宋老闆吃驚的看著他，道：「你笑什麼？」

葉開道：「我在笑你。」

宋老闆道：「笑我？」

葉開道：「我在笑你剛才爲什麼不買。」

宋老闆道：「現在……」

葉開道：「現在的價錢跟剛才又不一樣了，現在要三百萬兩，少一文都不賣。」

宋老闆跳了起來：「三百萬兩？」

這氣派很大的大老闆，現在竟像是個孩子般大叫大跳：「你……你……你簡直是個強盜。你好黑的心。」

葉開淡淡道：「你若認爲這價錢太高，可以不買，我並沒有勉強你。」

宋老闆狠狠的瞪著他，就像是恨不得咬他一口，張大了嘴想說什麼，一口氣卻已接不上來，忽然一跤跌倒在地上，竟被氣得昏了過去。

看熱鬧的人也在瞪著葉開，大家都覺得這個人不但是個強盜，簡直比強盜的心還黑。

葉開卻一點也不在乎，忽然對著那輛馬車笑道：「閣下既然想要這東西，爲什麼自己不來買？」

馬車裡沒有動靜。

葉開道：「閣下若肯自己出面，我也許一文都不要，就奉送給閣下。」

一直全無動靜的馬車裡，忽然有人發出了一聲刀鋒般的冷笑。

「真的？」

葉開微笑著道：「我是個老實人，我從不說假話。」

「好！」

這個字剛說出來，突聽「轟」的一聲大震，嶄新的黑漆車廂，突然被撞得四分五裂。

趕車的幾乎一個跟斗跌下，拉車的馬昂首驚嘶——

車廂裡已出現了一個人。

一個鐵塔般的巨人，赤著上身，穿著條大紅的扎腳褲，腰上繫著一條比巴掌還寬的金板帶，一雙銅鈴般的眼睛，恨恨的瞪著葉開，看來活活像是個剛掙脫樊籠的妖魔惡怪。

人群大亂。

這巨人已握緊了雙比醋甕還大的拳頭，一步步向葉開走過來。

無論是人是馬，突然受到驚駭之後，第一個反應通常都是同樣的。

——跑。

跑得愈快愈好，愈遠愈好。

可是現在拉車的兩匹馬都沒有跑出去。

只不過驚嘶著，人立而起。

因爲這巨人反手一拉車轅，兩匹馬就已連一步都跑不出去。

人群雖亂，也沒有跑。因爲大家都想看看這件事的結局。

不管怎麼樣，這都可以算是件百年難遇的怪事。

大家看著這只用一隻手就可以力挽奔馬的巨人，再看著葉開，無論是誰都可以看得出倒楣的一定是葉開。

看來這巨人只要用一根手指，就可以把葉開的腦袋敲扁。

葉開卻笑了。

他微笑著，忽然問道：「你有多高？」

這種時候，這句話雖然問得奇怪，巨人還是回答道：「九尺半。」

葉開道：「九尺半的確已不能算矮。」

巨人傲然道：「比我再高的人，這世上只怕還沒有幾個。」

葉開道：「兵器是講究一寸長，一寸強，你若是桿槍，一定是桿好槍。」

巨人道：「我不是槍。」

葉開道：「還有很多別的東西，也是以長短來分貴賤的，譬如說，長的竹竿就比短的貴，所以你若是根竹竿，一定也很值錢。」

他嘆了口氣道：「只可惜你也不是竹竿。」

巨人道：「我是人。」

葉開道：「就因爲你是人，所以實在可惜得很。」

巨人瞪起眼，道：「有什麼可惜？」

葉開淡淡道：「只有人是從不以長短輕重來分貴賤的，一個人的四肢若是太發達，頭腦就往往會很簡單，所以愈長的人，往往反而愈不值錢。」

巨人怒吼一聲，就像是頭大象般衝過來，看來他根本用不著出手，就可以把葉開活活撞死。

就算是棵大樹，也受不了他這一撞的。

只可惜葉開也不是棵樹。

這巨人當然撞不倒他——沒有人能一下子撞倒他。

可是就在這巨人撞過來的時候，本來已氣得暈倒了的宋老闆，卻忽然從地上竄了起來，就像是一根箭射出了弦。他不但出手快得要命，出手的時候更要命。

可惜他並沒有要了葉開的命。

巨人從前面撲過來，宋老闆從後面發出了這致命的一擊。

葉開人已到了竹竿上。

沒有人能想到宋老闆會突然出手，更沒有人想得到葉開能閃避開。他的人竟似被風吹上竹竿的，竟似已變成了一片飛雲，一片落葉。

宋老闆吃了一驚。

——這明明已十拿九穩的一擊，怎麼會忽然落空的？

他的左肘點地，右手已抽出柄刀，刀光一閃，直削竹竿。

巨人已張開了一雙蒲扇般大的手掌，在下面等著。

竹竿一斷，竹竿上的人就要跌下來。

只要葉開一跌下來，就得落入這巨人的掌握，無論誰落入了他的掌握，都無疑是件很悲慘的事。

他要捏碎一個人的頭顱，簡直比孩子捏碎泥娃娃的頭還簡單。

「格」的一聲，竹竿折斷。

有的人甚至已不由自主發出了驚呼——葉開果然已向這巨人的手掌落下。

只聽又是「砰」的一響，一個人倒了下去，兩個人飛了起來。

倒下去的竟是那巨人，飛起來的卻是葉開和宋老闆。

葉開剛落下來，突然反肘一撞，膝蓋和右肘同時撞在巨人身上。

巨人倒下時，他已藉勢飛起。

宋老闆已跟著飛起，刀光如長虹經天，急削葉開的腰。

誰知葉開的腰突又水蛇般一擺，左手已扣住了宋老闆的右腕。

刀落下，斜插在馬車上。

他們的人也落在馬車上，馬車的車廂雖然已碎裂，底盤卻沒有裂。

兩個人同時跌在上面，拉車的馬又一驚，驚嘶著狂奔出去。

這次沒有人再拉牠們，也沒有人能拉得住牠們了。

車夫早已嚇得不知去向，兩匹受了驚嚇的健馬，一輛沒有人趕的馬車，在街道上狂奔，除了瘋子外，還有誰會去擋住它的路。街上的人紛紛閃避。

宋老闆在車上打了個滾，還想跳起來，可是一隻拳頭已在眼前等著他。

他剛跳起來，就看見這隻拳頭，接著，就看見了無數顆金星。這次他真的暈了過去。

葉開輕輕吐出口氣，不管這個宋老闆究竟是個什麼樣的人，卻是個很不簡單的人，能叫他躺下來，也並不是件容易事。

健馬還在往前奔，葉開並沒有拉住牠們的意思，反而坐上前面車夫的座位，打馬前行。

他要去追一個人。

現在已過了正午。

葉開並沒有找到布達拉。他要追的人是誰？

卅二 飛狐歸天

古老的城市，古老的街道。

這條街是用青石板鋪成的，狹窄而傾斜。

前面有輛驢車，車上堆滿了雞籠，籠子裡裝滿了雞，顯然是從城外送雞進城來賣的。

趕車的是個老頭子，餵雞的是個老太婆，兩個人頭髮都白了。

老太婆蹲在驢車上餵雞，連腰都直不起來，老頭子坐在前面趕車，連鞭子都揚不起。

每個城市裡都有人吃雞，天天都有人吃雞。

既然有人吃雞，就有人賣雞，這本是很平常的事。

這老頭子和老太婆看來更沒有一點特別的地方。

但葉開追的好像就是他們。

看見他們在前面，葉開打馬更急。

老頭子回頭看了他一眼，一雙昏花的老眼裡，突然發出了光。

老太婆忽然提起個雞籠，吆喝一聲，把籠子裡的雞全都倒出來。

大大小小的十幾隻，有的飛，有的叫，有的跳，路旁的野狗也衝了出來，又叫又跳。

雞飛狗跳，街上又亂成了一團。

拉車的馬又驚嘶著人立而起，等到葉開再打馬衝過去時，前面的驢車已經轉過街角。

葉開冷笑，突然躍起，掠上屋脊。

他已下了決心，絕不讓那老頭子溜走。

他爲什麼一定要追他們？

他們爲什麼要逃？

驢車還在跑，雞還在叫，車上的人卻已不見了。

這是條很窄的橫巷，稍爲大一點的車子，根本就走不進來。

巷子裡居然連一個人都沒有，兩旁的門都關著，院子裡也沒有人。

那老頭子和老太婆怎麼會忽然不見了？

他們躲進了哪個院子裡？

葉開並沒有一家家去找，他還是去追那輛沒有人的驢車。

穿過橫巷，有個斜坡。

驢車雖然沒有人駕御，居然還是轉了個彎，才沿著斜坡衝下去。

葉開突然一掠四丈，凌空翻身，落下來時，正好落在驢子背上。

過了斜坡，驢車就慢了下來。

葉開還是四平八穩的坐在上面，忽然笑了笑，道：「我本來認不出你的，只可惜你來的時候太巧。」

他是在跟誰說話？

車上沒有別的人，只有雞和驢子，一個正常的人，是絕不會跟驢子說話的。

但是他居然又接著說了下去：「你們進城的時候，正是最亂的時候，我本來也不會看見你們，可惜那時我恰巧站在竹竿上。那時進城來的人，也不止你們兩個，本來我就算看見你們，也絕不會疑心，可惜你們的樣子卻跟別的人都不一樣。」

他說到這裡，驢車下面忽然有人嘆了口氣，道：「我們的樣子有哪點跟別人不一樣？」

葉開又冷笑：「你自己不知道？」

「一點也不知道。」驢子下面的人道：「我覺得我們的樣子連一點特別的地方都沒有。」

葉開微笑道：「也就因爲你們的樣子連一點特別的地方都沒有，所以才特別。」

這句話非但驢車下面的人聽不懂，除了他自己外，能聽懂的人只怕還不多。

所以他又解釋著道：「因爲那時候別人的樣子都很特別……」

那時每個人都很吃驚，很緊張，很興奮，就算剛進城來的，也不禁要瞪大了眼睛，吃驚的去看葉開和那巨人。

可是這老頭子和老太婆卻好像什麼都沒看見，甚至連頭都沒有回。

葉開道：「你們連看都不看一眼，只因爲你們早就知道那地方會發生那件事，只因爲那件事根本就是你們安排的，好掩護你們進城。」

驢車下又沒有聲音了。

葉開也不再開口，趕著驢子，慢慢的往前走。

也不知過了多久，下面的人才冷笑著道：「我看錯了你，我想不到你竟是這麼樣一個人。」

葉開道：「我是怎麼樣個人？」

「是個該死的人。」

一句話還沒有說完，驢子突然驚嘶，跳了起來，葉開也跟著跳了起來。

就在這同一剎那間，兩個人從驢車下竄出，一個往東，一個往西。

兩個人的身法都極快，駭然正是那兩個腰都直不起來的老頭子和老太婆。

葉開追的是老頭子。

老頭子輕功本極高，本來也未必能追得上的。

但是現在他身手卻像是有些不便，顯然受了很重的傷。

難道他就是傷在葛病傘下的孤峰？

葉開並沒有用他的刀。

不到萬不得已時，他絕不用他的刀，他的刀並不是用來殺人的。

可是他的人本身就像是一柄刀。

飛刀！

三個起落後，他已追上了這老頭子，再凌空一翻，已擋住了這老頭子的去路。

老頭子還想撲上去，身子卻突然一陣抽縮，就像是突然有條看不見的鞭子，重重的抽在他身上。

他的臉是經過易容改扮的，當然絕不會有任何表情。

可是他眼睛裡卻充滿了痛苦，憤怒和怨毒，正刀鋒般盯著葉開。

這次葉開居然沒有笑。

他也許想笑的，卻笑不出口，因爲他已認出了這個人。

「若不是你受了傷，我本來追不上你的。」他嘆息著道：「你的輕功，果然是天下無雙的輕功。」

老頭子握緊雙拳，道：「你已認出了我？」

葉開點點頭，黯然道：「莫忘記我們本來是朋友，老朋友。」

老頭子冷笑道：「我沒有你這種朋友。」

他還想用力握起拳，抱起胸，只可惜他的人已萎縮。

就連他眼睛的光芒都已消失。

現在這雙眼睛就算還像是一把刀，也已是把生了鏽的刀。

葉開道：「你的傷很重。」

老人咬緊牙，不開口。

葉開嘆道：「你既然受了重傷，就不該泡在熱水裡的。」

他果然已認出了這個人。

——除了「飛狐」楊天外，還有誰的輕功能令葉開佩服。

——一個人若想隱藏自己的傷勢，還有什麼地方能比水盆裡更好？

葉開道：「可是江湖中的人，無論誰都難免受傷的，這並不是見不得人的事，你為什麼要瞞我？」

楊天道：「因為……」

他沒有說下去。

這是不是因為他根本沒法子解釋？根本沒法子說下去？

葉開道：「你要瞞著我，只因為你算準我一定已知道孤峰受了傷，你要瞞著我，只因為你就是魔教中的『布達拉天王』。」

楊天的身子在顫抖，卻連一個字都沒有說。

這是不是因為他自己也知道這件事是否認不了的？

葉開長長嘆息，道：「你的聰明我也一直都很佩服，所以我實在想不通，像你這麼樣一個人，為什麼要入魔教？」

楊天終於發出了聲音。

一種無論什麼人都沒法子形容的笑聲。

他「咯咯」的笑著，聲音愈來愈大，可是他的人卻愈來愈小。

他竟真的在萎縮。

在這一瞬間，他似乎已真的變成了個老人。

突然笑聲斷絕。

他倒了下去。

陽光依舊輝煌，可是葉開已感覺不到它的溫暖。

楊天當然更感覺不到。

他是帶著笑而死的，一個人臨死時還能笑，並不是件容易事。

可是他本來並沒有理由笑。

一個人的秘密若被揭穿，無論他是死是活，都一定笑不出。

他爲什麼要笑？爲什麼能笑？

葉開的手冰冷，額上卻在流著汗，冷汗。

他聽得出楊天的笑聲中，彷彿帶著種很奇怪的譏誚之意。

但他卻猜不出那究竟是什麼意思？

無論那是什麼意思，現在都已變得沒有意義，人死之後，他擁有的一切就都已隨著生命消失。

死人唯一能帶走的，只有一樣事。

秘密——

楊天是不是也帶走了什麼秘密？

——死人有時候也能說話的，只不過說話的方式不同而已。

——他是不是還能將這秘密說出來？

活人用口說話，死人用什麼說話呢？

用他的傷口。

傷口已潰爛，流出來的血都是烏黑的，可是傷口並不大。

葉開若不是親眼看見，實在很難相信這針孔般大的一點傷口，就能要了「飛狐」楊天的命。

風冷如刀，卻沒有聲音。

殺人的刀，豈非也總是沒有聲音的。

葉開聽見的聲音，是一個人的腳步聲，他沒有回頭，因爲他知道來的人是誰。

來的是剛才從另一方向逃走的老太婆。

現在她身上穿的，當然已不是那套緊身的黑緞子小棉襖。

她那張白生生的清水鴨蛋臉，現在當然已變了樣子。

變不了的，是她的眼睛，那雙小小的，彎彎的，笑起來時像鈎子般的眼睛。

楊天就在她面前，她卻連看都沒有看一眼。

她在盯著葉開，好像一下子就想把葉開的魂勾走。

葉開捲起死者的衣襟，站起來，過了很久，才說出三個字：「他死了。」

「我看得出。」

「他是你的男人？」

「他活著時是的。」

「自己的男人死了，無論什麼樣的女人都會有點難受的。」葉開也在盯著她：「但我卻看不出你有一點難受的樣子。」

「我本就是寡婦。他並不是我第一個男人，我看見過的死人，也不止他一個。」

王寡婦道：「無論什麼事，只要習慣了，也就不會難受了。」

她雖然在嘆息，可是無論誰都聽得出，她的嘆息聲中並沒有什麼悲傷之意。

葉開無話可說。

她說的至少是真話，真話總是令人無法反駁的。

王寡婦忽然又問道：「是你殺了他？」

葉開道：「你應該知道他早已受了傷。」

王寡婦道：「可是他剛才還是活生生的一個人，爲什麼現在忽然死了？」

葉開道：「因爲他受的傷並不重，中的毒卻很重。」

王寡婦道：「哦？」

葉開道：「他雖然用藥物勉強壓制住毒性，可是一奔跑用力，毒勢就發作了。」

王寡婦忽又冷笑，道：「你知不知道他是什麼人？」

葉開當然知道。

王寡婦道：「你知不知道『飛狐』楊天不但輕功高，而且還有很多別的本事？」

葉開道：「治傷療毒，也是他的專長之一。」

王寡婦道：「但是你現在卻還要說他是被毒死的？」

葉開道：「世上只要有一種他不能解的毒，他就可能被毒死。」

王寡婦道：「真的不是你殺了他？」

葉開道：「我從不殺朋友。」

王寡婦道：「他真是你的朋友？」

葉開長長嘆息，黯然道：「只要他做過我一天朋友，就永遠是我的朋友。」

王寡婦眼珠子轉了轉，忽然笑了笑，道：「我也聽說過你是他的朋友。」

葉開道：「哦？」

王寡婦道：「我還聽說過一句話。」

葉開道：「什麼話？」

王寡婦道：「朋友妻，不可戲，要戲朋友妻，要等朋友死。」

她笑的眼睛媚如新月：「這句話我好像也聽你說過。」

葉開苦笑。

王寡婦道：「現在他已死了，我還活著，你……」

她沒有說下去。

他知道她的意思，只要是男人，都應該明白的。

葉開看著她，忽然道：「你見過韓貞沒有？」

王寡婦當然見過。

她帶著笑道：「那小子本來也在打我的主意，可惜我一看見他就想吐。」

葉開道：「為什麼？」

王寡婦道：「因為他的鼻子。」

葉開也笑了。

王寡婦道：「他那鼻子看起來簡直就像是爛茄子。」

葉開微笑著，問道：「你知不知道他那鼻子怎麼會變成那樣子的？」

王寡婦道：「是不是被人打的？」

葉開道：「對了。」

王寡婦道：「你知道是被誰打的？」

葉開笑道：「我不但知道，而且知道得比誰都清楚。」

王寡婦也知道了，笑道：「一定就是被你打的，對不對？」

葉開道：「對。」

他慢慢的接著道：「所以你現在最好趕快走，帶著你的男人走，好好的替他埋葬。」

王寡婦很意外：「你要我走？爲什麼？」

葉開道：「因爲現在我的手很癢，你若再不走，我保證你的鼻子很快就要變得跟韓貞一樣。」

王寡婦沒有再說話，連一個字都沒有再說。

她至少還算很識相。

等她把楊天的屍體載上驢車，葉開才沿著原來的路走回去。

他走得很慢。

在思想的時候，他總是走得很慢。

走出橫巷，走上大車，前面圍著一堆人，圍著一輛破馬車。

宋老闆已死在馬車上，身上只有一點針孔般大的傷口。

傷口在他的眉心。

葉開擠進人叢，看了看，又擠出來，臉上居然並沒有吃驚的樣子。

這件事竟似早已在他意料之中。
他又走回延平門，那巨人也死了，也同樣只有一點傷口。
一點比針孔大不了多少的傷口，卻已將這鐵塔般的巨人置之於死地。
圍著他看的人更多。
葉開正想悄悄的溜走，忽然間，一個人揪住了他的衣襟，冷冷道：「你走不了的。」
一個人無論有沒有做虧心事，若是忽然被個官差一把揪住了衣襟，都難免要嚇一跳。
揪住葉開衣襟的這個人，正是個戴著紅纓帽，提著短棍的捕快。
旁邊已有人在叫：「剛才跟宋老闆打架的就是他。」
「我知道是他。」
這捕快又扣住了葉開的手腕，用的居然是小擒拿手。
他冷笑著道：「你傷了兩條人命，居然還敢露面，你的膽子倒不小。」
葉開當然很容易就能甩脫這雙手，對「七十二路小擒拿手」，他至少有一百四十四種破法。
可是他並沒有這麼樣做。
他並不是怕這個捕快，而是尊敬。
不管這捕快是個什麼樣的人，他都同樣尊敬。

因爲他尊敬的並不是這個人，而是這個人所代表的法律。

他甚至連分辯都沒有分辯。

這種事本就不是這種捕快能瞭解的，他根本沒法子分辯。

這裡也不是說話的地方。

這捕快已押著他上了輛馬車，厲聲道：「人命關天，王法如爐，你就算有天大的膽子，我也不怕你不招。」

葉開就跟著他上了馬車，等到車子開始往前走，才忍不住問道：「你究竟想把我怎麼樣？」

捕快道：「不管怎麼樣，先關起來再說。」

葉開道：「然後呢。」

捕快道：「然後再用上好的人參燉一隻雞，做四五樣精緻的下酒菜，燙幾壺陳年的竹葉青，請你連酒帶菜一起吃下去。」

「他」的眼睛忽然充滿笑意，聲音也變得春風般溫柔。

葉開嘆了口氣，苦笑道：「現在我總算明白了，原來你想脹死我。」

卅三 情深似海

用人參燉的雞，還在冒著熱氣。

幾樣下酒菜是一小碟炒豬頭肉，一碟蜜炙火腿，一碟油爆鮮蝦，一碟新切冬筍，一碟風雞拌魚，一碟乾爆鱔鱔。

竹葉青也溫得恰到好處。

北方人喝酒也有很多講究，不但黃酒花雕溫熱了喝，白乾竹葉青也一樣。

葉開已三杯下肚，深夜中的激戰，傷口中的膿血，彷彿都已離他很遠了。

上官小仙正在看著他，抿著嘴笑道：「要脹死你，好像並不容易。」

葉開沒有開口，他的嘴沒空。

上官小仙道：「你的菜雖然吃得很快，酒卻喝得太少。」

葉開用眼睛瞟了她一眼，道：「你究竟是想脹死我？還是想灌醉我？」

上官小仙道：「我本來是想嚇死你的。」

葉開道：「哦？」

上官小仙道：「你明明知道那附近的人全都看見你跟宋老闆交手，居然還敢在那裡溜來溜去，你的膽子也未免太大了些。」

葉開道：「你怕我被人認出來，捉將官裡去？」

上官小仙道：「不管怎麼樣，多一事不如少一事，你何必去惹那種麻煩。」

葉開道：「所以你就先扮成個捕快把我抓走？」

上官小仙道：「其實我也有點怕。」

葉開道：「你怕什麼？」

上官小仙道：「怕遇見真捕快。」

葉開嘆了口氣，道：「想不到世上居然也有能讓上官幫主害怕的事。」

上官小仙也嘆了口氣，道：「我害怕的事又何止這一件。」

葉開道：「你還怕什麼？」

上官小仙道：「還怕葉幫主。」

葉開道：「葉幫主？」

上官小仙嫣然道：「花生幫的葉幫主是誰，難道連你自己都忘了？」

葉開大笑。

他大笑著舉杯，一飲而盡，忽然問道：「以你看，是花生好，還是金錢好。」

上官小仙笑道：「我不知道，我只知道一文錢就可以買一大堆花生。」

葉開道：「可是花生至少有一點比金錢強。」

上官小仙道：「哪一點？」

葉開道：「花生可以吃。」

他剝了顆花生，拋起來，用嘴接住，慢慢咀嚼，又喝了口酒，道：「你若能用你的金錢來下酒，我才真的算你有本事。」

上官小仙微笑道：「你說的話好像總是很有道理。」

葉開道：「當然。」

上官小仙道：「可惜你忘了一點。」

葉開道：「哦？」

上官小仙道：「沒有錢，酒也沒有了，花生也沒有了。」

葉開想了想，終於承認：「你說的話好像也不是沒有道理。」

上官小仙笑道：「當然。」

葉開道：「可惜你也忘了一點。」

上官小仙道：「哦？」

葉開道：「只有錢還是不夠的，金錢並不能真的使人快樂。」

上官小仙連想都沒有想就已承認：「所以我一直都在找。」

葉開道：「找什麼？」

上官小仙看著他，美麗的眼睛溫柔如春水：「找一樣真正能讓我快樂的東西。」

葉開冷冷道：「除了『金錢』之外，這世上還有什麼能讓你快樂？」

上官小仙道：「只有一樣。」

葉開道：「一樣什麼？」

上官小仙道：「花生。」

葉開笑了。

他又剝了顆花生，笑道：「你又忘了一點。」

上官小仙道：「哦？」

葉開道：「金錢和花生並不是好搭檔。」

上官小仙道：「釘子與釘錘也不是好搭檔。」

葉開同意。

上官小仙道：「可是它們在一起的時候，彼此都很快樂。」

葉開道：「彼此都很快樂？」

上官小仙點點頭，道：「因爲沒有釘錘，釘子就完全沒有用，沒有釘子，釘錘也不能發揮所長。」

她微笑著道：「一個人若不能發揮所長，就等於是個廢物，廢物是絕不會快樂的。」

葉開也同意。

上官小仙道：「所以它們只有在一起，才能得到快樂。」

她凝視著葉開，葉開卻避開了她的目光。

他在逃避？

上官小仙慢慢道：「我知道你心裡一定也很明白，我說的話絕對有道理。」

葉開不能否認。

上官小仙道：「現在多爾甲，布達拉和班察巴那都已死了，四大天王已去其三，魔教縱然還沒有完全被毀滅，也已一蹶不振。」

她春水般的眼波，又變得釘子般尖銳。

但她卻不是釘子，她是釘錘。

「魔教一倒，放眼天下，還有哪一幫，哪一派能和我們爭一日之短長？」

「我們？」

葉開沒有笑。

「我們。」上官小仙也沒有笑：「現在金錢加上花生，所代表的意思已不止是快樂而已。」

葉開在咀嚼著花生。

花生是被咀嚼的，釘子是被敲打的。

可是，若沒有人咀嚼，花生也一樣會腐爛，若沒有人敲打，釘子也一樣會生鏽。

生命的價值是什麼？

花生豈非一定要經人咀嚼，釘子豈非一定要被人敲打，然後它們的生命才有價值。

葉開似乎已被打動了。

上官小仙柔聲道：「我知道你心裡一定認爲我想要你做釘子。」

葉開道：「你不是？」

上官小仙道：「你應該看得出，我並不是個很可怕的釘錘。」

她伸出手，握住了他的手。

她的手柔軟如絲緞。

葉開嘆了口氣，道：「你的確不是，只可惜……」

上官小仙道：「只可惜花生和金錢之間，還有個鈴鐺？」

葉開苦笑。

上官小仙道：「丁靈琳的確是個很好的女孩子，我若是男人，我也會喜歡她的。」

葉開道：「你不是男人。」

上官小仙道：「我至少並不討厭她。」

葉開道：「真的？」

上官小仙道：「我若討厭她，爲什麼要帶你來跟她見面？」

葉開盯著她，道：「爲什麼？」

上官小仙輕輕嘆息了一聲，道：「因爲我現在已明白，像你這樣的男人，絕不是一個女人能完全佔有的，我已沒有這種奢望。」

她凝視著葉開，眼睛更溫柔：「金錢可以打造成鈴鐺，鈴鐺也可以鑄成錢，我跟她爲什麼不能變成一個人呢？」

葉開又避開了她的目光。

上官小仙道：「假如你也能把我跟她看成一個人，我們就一定都很快樂，否則……」

葉開忍不住問道：「否則怎麼樣？」

上官小仙嘆道：「否則金錢、花生和鈴鐺，說不定全都會痛苦終生。」

葉開終於回過頭，看著她。

又是黃昏。

夕陽正照在窗戶上，艷麗如春霞，屋子裡燃著火，也溫暖如春天。

她的眼睛卻比夕陽更美麗，更溫暖。

也許春天就是她帶來的。

一個能將春天帶來的女人，豈非已是男人們的最大夢想？

上官小仙咬著嘴唇，道：「你好像從來也沒有這麼樣看過我。」

葉開道：「我……」

上官小仙道：「你很少看我，所以你根本沒有看清我是個什麼樣的女人，就因爲你根本不知道我是個什麼樣的女人，所以才很少看我。」

葉開承認。

上官小仙的眼波中又露出幽怨，道：「我知道你一定會認爲我是個很隨便的女人，有過很多男人，其實……其實你以後就會知道……」

葉開道：「知道什麼？」

上官小仙垂下頭，輕輕道：「你以後就會知道，你不但是我第一個男人，也是我最後一個。」

這絕不是說謊。

聰明的女人，絕不會說這種隨時都可能被揭穿的謊話。

她當然是個絕頂聰明的女人。

葉開的心似已溶化，情不自禁反握住她的手，柔聲道：「用不著等到以後，我現在就已相信。」

上官小仙的眼睛亮了，忽然跳起來，道：「走，我們去找鈴鐺去。」

葉開道：「她……」

上官小仙道：「她既然還知道躲到這裡來，神智一定還沒有完全喪失，只要我們好好的照顧她，她一定很快就會復原的。」

葉開目中露出感激之色，看來他的確一直都沒有認清她。

上官小仙道：「剛才我出去的時候，她已睡覺了，我就叫韓貞在那裡看著她。」

葉開道：「錐子？」

上官小仙嫣然道：「只要你會用，錐子的用處很大。」

葉開道：「你已能信任他？」

上官小仙道：「他並不是個好人，可是我已經看出來，他絕不敢做背叛我的事。」

他們喝酒的地方，當然就在冷香園。

穿過角門，就是丁靈琳的小院。

暮色已深了。

院子裡和平而安靜，門是虛掩的，屋裡還沒有燃燈。

他們穿過寂靜的小院，走到門口，上官小仙就放開葉開的手。

她不但溫柔，而且體貼。

女人的體貼，總是能令男人感動的。

「她一定還在睡。」

「能睡得著總是福氣。」

上官小仙微笑著，輕輕推開了門，葉開跟在她身後，還沒有走進門，忽然發覺她整個人都已僵硬。

屋子裡也是和平而安靜的，夕陽的溫暖還留在屋角，可是人已不見了。

丁靈琳不見了，韓貞也不見了。

上官小仙吃驚的看著空床，眼淚都已急得流了下來。

葉開反而比較鎮靜，先燃起了燈，才問道：「你是叫韓貞守在這裡的？」

上官小仙點點頭。

葉開道：「他會不會離開？」

上官小仙道：「絕不會，我吩咐過他，沒有我的命令，他絕不能離開半步。」

葉開道：「你有把握？」

上官小仙道：「他絕不敢不聽我的話，他還不想死。」

葉開道：「可是現在他的人並不在這裡。」

上官小仙臉色蒼白，道：「我想這一定有原因，一定有……」

葉開道：「你想他是為了什麼走的？」

上官小仙沒有回答，也不能回答。

葉開道：「他不但自己走了，還把丁靈琳也帶走了，他……」

上官小仙打斷了他的話，道：「丁靈琳絕不是他帶走的。」

葉開道：「你能確定？」

上官小仙點點頭。她並不是輕易下判斷的人，她的判斷通常都很準確：「她受的驚駭太大，所以一直都很緊張，絕不能再受到一點刺激。」

葉開道：「你認爲這裡又有什麼事，讓她受了驚，所以她忽然逃了出去？」
上官小仙道：「一定是的。」
葉開道：「她逃走了，韓貞當然要追。」
上官小仙道：「所以他們兩個人都不在。」
葉開道：「他去追的時候，爲什麼不留下點標記，讓我們知道他們的去向？」
上官小仙道：「她的逃走一定很突然，倉猝之間，他來不及。」
葉開嘆了口氣，沒有再說什麼。
他一向不是那種一著急就會六神無主的人，他一向很沉得住氣。
受到的壓力愈大，他反而愈能沉得住氣。
上官小仙咬著嘴唇，道：「他既然已去追了，不管追不追得上，都一定會有消息回來的。」
葉開道：「嗯。」
上官小仙道：「現在我們就算要去找，也沒法子找。」
葉開道：「嗯。」
上官小仙道：「所以我們暫時只有在這裡等他的消息。」
葉開道：「嗯。」
上官小仙看著他，忍不住又道：「你好像並不太著急。」

葉開道：「著急有沒有用？」

上官小仙道：「沒有。」

葉開道：「既然沒有用，我爲什麼要著急？」

他說得雖從容，臉色還是很難看，慢慢的坐下來，坐在床上。

——既然有地方坐，爲什麼不躺下去？

他索性躺了下去。

上官小仙卻已急得連坐都坐不住了，皺著眉道：「這地方太冷，我們不如……」

這句話還沒有說完，葉開忽然跳起來，就像是被人砍了一刀。

燈光照在他臉上。他的臉看來也像是被人砍了一刀。

上官小仙從來也沒有看見他如此驚駭過，忍不住問道：「什麼事？」

葉開沒有開口。他竟似連喉頭的肌肉都已僵硬，連聲音都已發不出。

上官小仙走過去，走到床頭，一張美麗的臉，忽然也變了顏色。

她忽然嗅到一種很奇特的氣味，一種令人作嘔，又令人戰慄的氣味。

血的氣味。

他們並沒有流血，血腥氣是從哪裡來的？

是從床下來的。

床下面怎麼會有血腥氣，難道床下會有個死人？死的是什麼人？

床並不重，一伸手就可以掀起來，這些問題立刻就全都可以得到答案。

可是葉開沒有伸手。他的手已僵硬，連手指都已僵硬，他實在沒有勇氣掀起這張床。

——假如真有人死在床下，死的不是丁靈琳是誰？

上官小仙卻已伸出了手。床下果然有個死人，剛死了不久，身上的血漬還沒有乾透。

死的卻不是丁靈琳，是韓貞。

卅四 雙重身分

葉開怔住，上官小仙更吃驚。死的怎麼會是韓貞？葉開想不到，上官小仙更覺得意外。

韓貞既然已死在這裡，丁靈琳呢？

上官小仙輕輕的放下床，慢慢的轉過身，走到窗前，推開了窗戶。窗外一片黑暗，夜色無情，忽然又已來臨。

她面對著這無情的夜色，沉默了很久，才長長吐出口氣，道：「原來她先殺了韓貞才走的。」

葉開道：「你認爲是她殺了韓貞？」

上官小仙道：「你認爲不是？」

葉開道：「絕不是。」

上官小仙道：「你能確定？」

葉開道：「武功也有很多種，最可怕，最有效的卻只有一種。」

上官小仙道：「哪一種？」

葉開道：「只有殺人的武功，才是真正有效的武功。」

上官小仙同意。她也知道有很多人的武功雖高，卻不能殺人，也不敢殺人。

葉開道：「殺人的武功，丁靈琳絕對比不上韓貞。」

上官小仙道：「所以你斷定韓貞絕不是死在她手裡的？」

葉開道：「絕不是。」

上官小仙道：「可是現在丁靈琳已走了，韓貞卻已死在這裡。」

這是事實。事實是誰都不能反駁的。

上官小仙道：「若不是丁靈琳殺了他？是誰殺了他？」

能殺韓貞的也不多，何況，這屋子裡除了他和丁靈琳外，並沒有第三人。

上官小仙道：「他若不死，絕不會讓丁靈琳走，難道有人先殺了他，再綁走了丁靈琳？」

這些問題有誰能回答？葉開也走過來，推開了另一扇窗子。窗子雖不同，窗外的夜色卻是相同的，同樣寒冷，同樣無情。他癡癡的站在那裡，動也不動，他的眼睛就如同窗外的夜色般深沉黑暗。

上官小仙垂著頭，終於輕輕道：「我剛才不該問那些話。」

葉開沉默。

上官小仙道：「現在最重要的一件事，是趕緊想法子去找丁靈琳，她……」

葉開忽然打斷了她的話，道：「不必找了。」

上官小仙很意外，她從未想到葉開會說出這種話，忍不住轉過頭，吃驚的看著他，道：

「你是說，不必去找了？」

葉開道：「嗯。」

上官小仙道：「爲什麼？」

葉開道：「既然已有人知道她的下落，又何必再去找？」

上官小仙道：「誰知道她的下落？」

葉開道：「你。」

上官小仙更吃驚，道：「你是說我知道她的下落？」

葉開淡淡道：「我已說得很清楚，你也聽得很清楚。」

上官小仙看著他，沒有動，沒有開口，像是已完全怔住。

葉開道：「魔教中的四大天王，的確已死了三個，可是孤峰並沒有死。」

上官小仙道：「楊天還沒有死？」

葉開道：「楊天不是孤峰，呂迪也不是。」

上官小仙道：「楊天沒有受傷？」

葉開道：「他受了傷，傷得很重，可是受傷的人並不一定就是孤峰。」

——球是圓的，圓的東西並不一定就是球。

上官小仙道：「他若不是孤峰，爲什麼不敢讓人知道他受了傷?爲什麼要瞞著你？」

葉開道：「因爲他以爲我是你的奴才，以爲我也入了金錢幫。」

上官小仙忽然嘆了口氣，道：「你說的話，我連一句也不懂。」

葉開道：「你應該懂的，也只有你才懂。」

上官小仙道：「爲什麼？」

葉開道：「因爲出手傷他的人就是你。」

上官小仙在苦笑，道：「我若不是很瞭解你，一定以爲你已醉了。」

葉開道：「我從來也沒有像現在這麼樣清醒過。」

上官小仙道：「楊天本是我的好幫手，我爲什麼要出手傷他？」

葉開道：「因爲他先要殺你。」

上官小仙笑了。她的笑，就跟葉開在無可奈何時那種笑完全一樣。

葉開卻沒有笑。事實上，他臉上的表情也從來沒有像現在這麼樣嚴肅過。

他沉著臉道：「他久已想殺了你，卻一直沒有機會，只有冒險行刺。」

上官小仙道：「行刺？」

葉開點點頭，道：「也許他低估了你的武功，也許他在無意間發現你已受了傷，所以決定乘此機會，冒險試一試。」

上官小仙在聽著。她不再辯駁，好像覺得這件事根本不值得辯駁。

葉開道：「他決定動手的時候，想必就在初一的晚上。」

上官小仙居然笑了笑，道：「假如要暗中去刺殺一個人，大年初一的晚上的確是好時候。」

葉開道：「他去行刺時，當然是蒙著臉的。」

上官小仙道：「當然。」

無論誰要做刺客時，都絕不會以真面目示人。

葉開道：「他本來以爲自己這一擊必定十拿九穩，誰知你的武功竟比他想像中還要好得多，所以他非但沒有得手，反而傷在你手下。」

上官小仙又笑了笑，道：「要殺我的確不是件容易事。」

葉開道：「可是你也低估了他。」

上官小仙道：「哦？」

葉開道：「他的輕功極高，雖然沒有得手，卻還是逃走了。」

上官小仙道：「想要捉住一條會飛的狐狸，當然也不是件容易事。」

葉開道：「你以爲他既然中了你的毒針，就算能逃走，也逃不遠的，所以他還有種專解百毒的靈藥，居然能暫時保住了他的性命。」

上官小仙道：「可是我只要查出是誰受了傷，就知道刺客是誰了。」

葉開道：「所以他才會瞞著我，不敢讓我看見他的傷口。」

上官小仙道：「他一定以爲是我派你去調查刺客的。」

葉開嘆了口氣，道：「他當然想不到你早已知道刺客就是他了。」

上官小仙道：「我怎麼會知道？」

葉開道：「他以爲王寡婦已死心塌地的跟著他，以爲王寡婦會替他保守秘密，想不到……」

上官小仙道：「想不到王寡婦卻將這秘密告訴了我。」

葉開嘆道：「無論多精明的男人，都難免會被女人出賣的。」

上官小仙也嘆了口氣，道：「這也許只因爲男人總認爲女人都是弱者，都是傻瓜。」

葉開同意這句話。

上官小仙道：「我既然已知道他就是刺客，爲什麼不殺了他？」

葉開道：「因爲你殺人時總喜歡借別人的刀。」

上官小仙道：「能借別人的刀，去殺自己想殺的人，倒的確是件很愉快的事。」

葉開道：「你愉快，我就不愉快了。」

上官小仙道：「爲什麼？」

葉開道：「因爲這次你想借的，是我的刀。」

上官小仙道：「哦？」

葉開道：「孤峰受了傷，我在找孤峰，楊天又恰巧受了傷，而且不敢把受傷的事說出來，這件事就好像一加一，再加一，必定是三。」

上官小仙道：「所以我認爲你只要找到楊天，就一定會以爲他就是孤峰。」

葉開苦笑道：「我本來幾乎以爲他是的。」

上官小仙道：「你的解釋聽來好像很合理，只可惜你又忘了一點。」

葉開道：「哦？」

上官小仙道：「殺人都有動機，要殺我，更一定要有很好的理由，因爲無論誰都應該知道那絕不是件容易事。」

葉開承認。

上官小仙道：「楊天很瞭解我，我對他並不壞，他爲什麼要冒險殺我？」

葉開道：「我也很瞭解他，他是個野心很大的人，所以才會入金錢幫。」

這點上官小仙也同意。

葉開道：「他愈深入，愈瞭解金錢幫勢力的龐大，野心就愈大。」

上官小仙道：「難道他還想做金錢幫的幫主？」

葉開道：「他一定想得要命，只可惜……」

上官小仙道：「可惜只要我活著，他就永遠沒有這一天。」

葉開道：「所以他無論冒多大的險，也要殺了你。」

野心就像是洪水，一發作起來，就沒有人能控制，連他自己都不能。所以野心不但能毀滅別人，也同樣能毀滅自己，而且往往在毀滅別人之前，就已先毀了自己。可是一個人假如完全沒有野心，活著豈非也很乏味？這豈非也是人類的悲哀之一？

上官小仙嘆了口氣，道：「現在你的推測好像已漸漸變得完整些了。」

葉開道：「還不算完整。」

上官小仙笑道：「你自己也知道？」

葉開道：「我知道的事，也許比你想像中要多些。」

上官小仙道：「哦？」

葉開道：「現在我的推測還有幾點漏洞。」

上官小仙道：「你說。」

葉開道：「楊天一直不敢對你下手，爲什麼忽然有了勇氣？」

上官小仙道：「這是第一點。」

葉開道：「我等的本是孤峰，他爲什麼也恰巧在那時入城？」

上官小仙道：「這是第二點。」

葉開道：「楊天若不是孤峰？誰才是孤峰？」

上官小仙道：「這是第三點。」

葉開道：「孤峰若沒有和多爾甲約好在延平門相見，多爾甲身上怎麼會有那張血書？」

上官小仙道：「這是第四點。」

葉開道：「墨九星本是個隱士，爲什麼一到長安，就能找出多爾甲的下落？」

上官小仙道：「這是第五點。」

葉開道：「墨九星既然終年常食五毒，怎麼會那麼容易就被毒死？」

上官小仙道：「這是第六點。」

葉開道：「而且苦竹本是個局外人，爲什麼也會忽然慘死？」

上官小仙笑道：「現在你的推測好像已有了六點漏洞。」

葉開道：「只有六點。」

上官小仙道：「無論誰的推測，若是有了六點漏洞，這推測根本不能成立。」

葉開道：「可是我這推測一定能成立。」

上官小仙道：「哦？」

葉開道：「因爲這六點漏洞，我都能解釋。」

上官小仙道：「你說。」

葉開道：「漏洞雖然有六點，解釋卻只有一個，只要用兩句話就能說出來。」

上官小仙道：「我在聽。」

葉開道：「孤峰就是你，墨九星也是你！」

上官小仙又笑了。

——你若很喜歡一個人，常常和這個人見面，他的毛病，你也一定會傳染上的。上官小仙顯然已學會了葉開的毛病，到了無可奈何的時候，遇著了困難危險的事，她也會笑。只不過她笑得比葉開更甜。

葉開道：「就因爲你是孤峰，所以楊天才敢下手，因爲他發現你已受了傷。」

上官小仙道：「這是第一個解釋，好像還很合理。」

葉開道：「就因爲你是孤峰，所以才要楊天做你的替罪羔羊。」

上官小仙道：「這也有理。」

葉開道：「只有你才知道呂迪是多爾甲，也只有你才能約他到十方竹林寺去。」

上官小仙道：「所以墨九星也是我？」

葉開道：「你故意在臉上嵌起九顆寒星，又始終不肯摘下那頂草帽，只因爲你的易容術雖精妙，還是怕我認出你來。」

上官小仙道：「可是我爲什麼要扮成墨九星呢？」

葉開道：「因爲你要殺多爾甲。」

上官小仙道：「我要殺他？爲什麼要你去？」

葉開道：「因爲你要讓我親眼看見多爾甲的死，是死在墨九星手裡的。」他接著又道：「多爾甲很可能也知道墨九星是你，所以他那最後一著殺手並沒有真的使出來，想不到你卻乘機殺了他。」

上官小仙在聽著。

葉開道：「那本是故意演給我看的一齣戲，多爾甲也是串通好了演戲的，就連你們說的那些話，也像是齣戲。」

上官小仙道：「他爲什麼要來演這齣戲？」

葉開道：「因爲你們演這齣戲本是爲了要殺我，所以他再三跟我約定，不許我的飛刀出手，好讓你有機會殺我。」

上官小仙道：「我並沒有殺你。」

葉開道：「你沒有，因爲你真正要殺的並不是我，而是多爾甲，他至死也想不到那齣戲最後的結局竟會忽然變了。」

想到多爾甲臨死時眼睛裡的驚訝和痛苦，葉開也不禁嘆了口氣，道：「他死得實在很冤枉。」

上官小仙道：「你同情他？」

葉開道：「我只同情他的死。」

上官小仙淡淡道：「每個人都要死的，他死得冤枉，只因爲他本就是個愚蠢的人。」

葉開道：「他愚蠢？」

上官小仙道：「愚蠢也有很多種，傲慢自大豈非也是其中的一種。」

葉開無法辯駁。傲慢自大的確是種愚蠢，而且很可能就是最嚴重的一種。

上官小仙道：「但是我並不愚蠢，現在我總算已明白你的意思了。」

葉開道：「你應該明白。」

上官小仙道：「你說我扮成了墨九星，再將呂迪找去，計劃殺你，到最後卻反而殺了他。」

葉開道：「聽起來這的確是件很荒謬的事，可是這計劃卻絕對有效。」

上官小仙道：「也許就因爲它不可思議，所以才有效。」

葉開道：「那封血書當然也是這計劃的一部份。」

上官小仙道：「哦？」

葉開道：「楊天自己當然也知道他的秘密遲早會被你發現，已決定逃走。」

上官小仙道：「金錢幫的勢力遍佈天下，他能逃到哪裡去？」

葉開道：「他已受過這一次教訓，這次的行動，當然特別小心，所以他選來選去，才選了個你料想不到的地方。」

上官小仙道：「什麼地方？」

葉開道：「長安城。」

上官小仙道：「這裡就是長安。」

葉開道：「他算準你一定會認爲他已逃到了很遠的地方去，所以就偏偏選了個最近的地方。」

上官小仙也承認這地方的確選得不錯。

葉開道：「只可惜他又將這計劃告訴了王寡婦。」

上官小仙道：「他不能不告訴她，一個受了重傷的人要脫逃，一定要人幫忙的。」

葉開道：「他告訴了王寡婦，就等於告訴了你。」

上官小仙道：「我知道他逃亡的計劃後，就僞造了那封血書。」

葉開道：「你算準我看到那封血書後，一定會在延平門等著的。」

上官小仙道：「這封血書又怎麼會到了呂迪身上？」

葉開道：「血書本不在呂迪身上，是苦竹特地送來的。」

上官小仙道：「苦竹也是這件事的同謀？」

葉開道：「所以他才會被你殺了滅口，所有跟這件事有關的人，都已被你殺了滅口。」

上官小仙道：「宋老闆和那巨人呢？」

葉開道：「他們是楊天的朋友，看見我在延平門，也故意演了齣戲，好掩護楊天入城，楊天是怎麼受了傷，他們當然知道。」

上官小仙道：「這秘密當然不能讓你知道，所以我就將他們也殺了滅口。」

葉開道：「我早已算準你有這一著，所以他死了，我並不意外。」

上官小仙嘆了口氣，道：「這麼樣說來，我殺的人倒真不少。」

葉開道：「的確不少。」

上官小仙道：「我甚至還會自己殺自己。」

她又嘆了口氣，道：「假如我就是墨九星，豈非自己殺了自己？」

葉開道：「死的墨九星並不是你。」

上官小仙道：「不是？」

葉開道：「你知道我一定不會有那麼好的胃口陪你吃那毒食，所以早已準備了替死鬼，等我一走，你就毒殺了他。」

上官小仙道：「墨九星是墨門的第一高手，怎會這麼容易被毒殺？」

葉開道：「或許不是毒殺，而是你佈局暗算了他。也或許，你早先已暗算了他，後來出現在我面前的墨九星，本就是你的手下喬裝扮演的。總之，你巧妙佈局，無非是要讓我認定墨九星的確已死了。」

上官小仙道：「因爲墨九星一死，這件事就死無對證了。」

葉開道：「這本就是個極周密的計劃。」

上官小仙微笑道：「也是個很好聽的故事。」

葉開道：「我也希望這只不過是個故事。」

上官小仙彷彿很吃驚，道：「難道這不是故事？」

葉開道：「這件事的巧合太多，只有真實的事才會有這麼多巧合。」

上官小仙道：「難道真實的事比故事還離奇？」

葉開道：「通常都是這樣的。」

上官小仙嫣然道：「聽你這麼說，連我自己都有點相信這件事是真的了。」

她笑得還是那麼純真甜美：「可是，我的計劃既然極周密，怎麼會被你看破的？」

葉開道：「無論多周密的計劃，都難免有漏洞。」

上官小仙道：「這計畫也有？」

葉開道：「我推測中的那些漏洞，也正是你這計劃的漏洞。」

上官小仙道：「哦？」

葉開道：「因爲你若不是孤峰，就絕不能造成這麼多巧合。」

上官小仙道：「現在你已完全確定了？」

葉開道：「直等到我看到他們的傷口後，才完全確定的。」

上官小仙道：「他們是些什麼人？」

葉開道：「楊天、宋老闆、巨人和苦竹，他們本是各不相關的人，本不可能死在同一個人手裡，可是他們致命的傷口卻完全一樣。」

上官小仙嘆了口氣，道：「這實在巧得很。」

葉開道：「巧合也就是漏洞。」

上官小仙道：「所以我不但是金錢幫的幫主，也是魔教中的四大天王之一。」

上官小仙道：「莫忘記金錢幫和魔教本是勢不兩立的對頭。」

葉開道：「是孤峰。」

葉開道：「我沒有忘記。」

上官小仙道：「那麼金錢幫的幫主怎麼會入魔教的？」

葉開道：「因爲這個金錢幫的幫主是聰明人，他知道將敵人消滅並不是最好的法子。」

上官小仙道：「什麼才是最好的法子？」

葉開道：「收服他，利用他，將敵人的力量，變成自己的武器。」

上官小仙道：「這法子的確不錯。」

葉開道：「可是魔教的組織太秘密，力量太龐大，要想收服他，也只有一個法子。」

上官小仙道：「什麼法子？」

葉開道：「做魔教的教主。」

上官小仙道：「要想做魔教的教主，就一定要入魔教。」

葉開道：「所以你入了魔教。」

上官小仙道：「魔教自從老教主去世後，權力就被四大天王分走了，誰也不願再選新的教主，把自己已得到的權力再交回去。」

葉開道：「四大天王若是已死了三個呢？」

上官小仙嫣然道：「那麼剩下的一個，就算想不做教主，只怕都困難得很。」

葉開道：「只可惜像多爾甲他們那種人，是絕不會死得太快的。」

上官小仙道：「當然不會。」

葉開道：「你當然也不能親自出面對付他們。」

上官小仙道：「我做事一向不願太冒險。」

葉開道：「他們也許至死都不知道金錢幫的幫主就是你。」

上官小仙道：「他們連作夢都沒有想到。」

葉開道：「所以你只有用一種法子才能殺得了他們。」

上官小仙道：「你說用什麼法子最好？」

葉開道：「借別人的刀。」

上官小仙拊掌道：「對了，要殺他們那樣的人，一定要借別人的刀，而且還要借　把特別的刀。」

葉開道：「可是你也知道，我的刀雖快，卻很少殺人。」

上官小仙道：「所以我才費了那麼多心思，繞了那麼多圈子。」

葉開道：「你一定也連作夢都沒有想到，還是有個人看穿了你的秘密。」

上官小仙盯著他，過了很久，嘆道：「你既然什麼事都能看得穿，爲什麼看不穿我的心？」

葉開道：「我……」

上官小仙道：「我對你是真是假，你難道一點也看不出？」

她美麗的眼睛裡，有種說不出的幽怨和悲傷！這究竟是真是假？

卅五 一決勝負

葉開再次轉過頭，避開了她的目光。

無論是真的也好，是假的也好，現在都已不重要了。

葉開也不禁長長嘆息，道：「我來的時候，還不想揭穿這件事的。」

上官小仙道：「爲什麼？」

葉開道：「因爲……」

上官小仙道：「是不是因爲你還有點不忍？」

葉開苦笑。

他不能否認，他並不是真的完全看不出她對他的感情。

上官小仙道：「你非但不忍，也不敢。」

葉開道：「不敢？」

上官小仙道：「因爲你根本連一點證據都沒有，只憑推測，是不能定人罪的。」

葉開也不能否認。

上官小仙道：「可是丁靈琳出了事，你就立刻不顧一切了。」

她眼睛裡的悲傷，忽然又變成了妒恨：「她究竟爲你做了些什麼事，能讓你這麼死心塌地的對她？我又有哪點比不上她？」

葉開沉默。

上官小仙道：「她到處闖禍生事，到處惹麻煩，還幾乎一刀把你殺死，你不在的時候，她連半天都等不得，就急著要嫁人，嫁一次還不夠，一夜間她就嫁給了兩個男人，像這麼樣一個女人，有哪點值得你爲她如此犧牲？」

葉開道：「我也想不通。」

上官小仙道：「那麼你……」

葉開打斷了她的話，道：「我只知道，就算她再殺我十次，再嫁給十個男人，我還是一樣會這麼樣對她的。」

上官小仙道：「爲什麼？」

葉開道：「因爲我知道她對我是真心的，我信任她。」

上官小仙霍然站起來，又慢慢的坐下。

她坐下時，已不再是個情感激動的女人。

她站起來時，情感彷彿要崩潰，可是等到她坐下時，她已變成了冷酷如冰山，銳利如刀鋒的金錢幫幫主。

也許女人本就是多變的，她只不過變得比任何人都快而已。

也許她根本沒有變，變的只不過是她的僞裝。

葉開道：「現在你還有什麼話說？」

上官小仙道：「沒有了。」

葉開道：「但我卻還有一點不能不說。」

上官小仙道：「哦？」

葉開道：「我的確連一點證據都沒有，這些事你本不必承認的。」

上官小仙道：「我也不必否認。」

葉開道：「爲什麼？」

上官小仙冷冷道：「因爲我不但是金錢幫的幫主，還是魔教的教主，我不但掌握了天下最可怕的兩大幫派，還掌握了丁靈琳的性命，我無論是承認也好，是否認也好，你都只有聽著。」

葉開怔住。

他忽然發現自己的確沒法子對付她，連一點法子都沒有。

上官小仙道：「現在你還有什麼話說？」

葉開的確已無話可說。

上官小仙道：「丁靈琳現在還活著，你想不想要她活下去？」

葉開道：「想。」

上官小仙道：「那麼我說的話，你就要聽著，每個字都仔細聽著。」

葉開沒有聽。

因爲他忽然聽見了另一個人說話的聲音：「她說的話，你連一個字都不必聽，因爲，她根本就是在放屁。」

聲音是從床下發出來的。

床下面明明只有一個人，一個死人。

死人怎麼能說話？

上官小仙是個絕頂聰明的人，葉開也是的，但卻連他們也想不通這是怎麼回事？

一件事若連他們都想不通，這世上還有誰能想得通呢？

床下面明明只有一個死人，他們剛才還抬起這張床來看過。

現在這張床又被抬了起來——被人從下面往上抬。

上官小仙的心卻在往下沉。

——剛才說話的人，赫然竟是丁靈琳，她聽得出丁靈琳的聲音。

可是丁靈琳怎麼會在床下的？死了的韓貞怎麼會變成活的丁靈琳？

上官小仙就想不通了。

葉開也想不通。

——一件事若連他們也想不通，世上還有誰能想得通？只有一個人。

這個人當然就是丁靈琳自己。

丁靈琳並沒有真瘋。

這世上會裝瘋的並不止上官小仙一個人，丁靈琳也會。

「你會的事，我都會。」

她從床下走出來，看著上官小仙，眼睛裡發著光：「你會騙人，我也會，你會殺人，我也會，而且絕不比你差。」

「你要韓貞來殺我，再想法子讓小葉以爲我是發瘋而死的。」

「你一定想不到我反而殺了他。」

「你會在我的燉雞麵裡下迷藥，我也會在他喝的茶裡下迷藥。」

「他當然不會提防一個已發了瘋的女人，就好像我們以前沒有提防你一樣。這法子本是我從你那裡學來的。」

——死了的韓貞還在床下，這次他無疑是真的死了。

「我把他的屍體送到床下去的時候，才發現床下面有個地窖，是藏酒的地方。原來冷香園的酒都是藏在這種地窖裡的，所以那天我們在外面連一瓶酒都找不到。我知道你們一定會來，所以我就藏入地窖裡，卻將屍體擺在外面。我算準你看到韓貞死了後，一定會大吃一驚，絕不會再注意到下面還有個地窖。」

「我還想聽聽你們在上面說些什麼，看他是不是會被你騙走。」

她看著葉開，眼睛裡充滿了幸福的光輝，柔聲道：「其實我也知道你這次絕不會再上她當的，你果然沒有讓我失望。」

她說得很簡單。

無論多曲折離奇的事，一說穿了，你就會發現它並不像你想像中那麼複雜。

世上本就有很多事都是這樣子的。

上官小仙一直在聽著，蒼白美麗的臉上，居然連一點表情都沒有。

等到丁靈琳說完了，她才慢慢的抬起手，放在桌上。

她那雙纖柔秀氣的手，竟忽然變得金屬般的堅硬。

燈也在桌上。

她的手在燈下發著光——並不是她的手在發光，是一雙金屬般銳利，卻又像冰一般透明的手套。

那天晚上，在鴻賓客棧的後牆外，丁靈琳看見的就是這雙手。

崔玉真在短牆頭遠遠看見的也是這雙手。

上官小仙道：「這就是傳說中的金剛不壞，大搜神手。」

葉開道：「哦？」

上官小仙道：「這手本是準備用來對付呂迪和郭定的。」

葉開道：「我看得出。」

上官小仙道：「可惜他們卻讓我失望了。」

他們根本沒有給她機會，讓她用出這種武器。

她攤開手，掌心有一枚比繡花針還細的烏針：「這是我的上天入地，大搜魂針。」

葉開道：「哦？」

上官小仙道：「楊天他們四個人，就是死在我這種針下的。」

葉開道：「我也看得出。」

上官小仙道：「昔年梅花盜的梅花針，已令天下武林中人喪膽。」

葉開道：「我聽說過。」

上官小仙道：「但是我可以保證，我這種針遠比梅花針更可怕。」

葉開嘆了口氣，道：「你這種針想必是準備用來對付我的。」

上官小仙承認。

她盯著葉開，忽又問道：「你的刀呢？」

葉開道：「刀在。」

上官小仙道：「在哪裡？」

葉開沒有回答。

天上地下，從來也沒有人知道他的「飛刀」在哪裡，也沒有人知道刀是怎麼發出來的。

刀未出手前，誰也想像不到它的速度和力量。

大家只知道一件事——刀一定在它應該在的地方。

上官小仙慢慢道：「我也知道你的刀是無所不在，無所不至的。」

葉開並沒有謙虛。

因爲刀雖然是他的，雖然在他身上，可是這種刀的神髓，卻還是別人。

一個偉大的人。

天上地下，你絕對找不到任何人能代替他。

若不能瞭解他那種偉大的精神，就絕不能發出那種可以驚天動地的刀。

飛刀！

飛刀還未在手，可是刀的精神已在。

那並不是殺氣，但卻比殺氣更令人膽怯。

上官小仙的瞳孔已在收縮，道：「你的刀無所不在，無所不至，我的針也一樣。」

葉開道：「哦？」

上官小仙道：「你也永遠無法想像，我的針會從什麼地方發出來，更無法想像它是怎麼發出來的。」

葉開道：「我不會去想，也不必想。」

上官小仙冷笑，道：「你若認爲你能封住我的出手，你就錯了。」

葉開沉默。

上官小仙道：「我的針如恆河沙數，你的刀卻有限。」

葉開道：「我的刀只要一柄就已足夠。」

上官小仙連眼角都在收縮，過了很久，忽然長長嘆息，道：「也許這就是命運。」

葉開道：「命運？」

上官小仙道：「也許我命中注定，遲早總要和你一決勝負的。」

她眼中又露出一抹悲傷：「正如昔年的上官幫主，是命中注定了要和小李探花一決勝負一樣。」

葉開也不禁嘆息，道：「昔年的上官幫主，的確不愧爲一世之雄，只可惜現在……」

上官小仙沒有讓他說下去，冷冷道：「昔年的上官幫主雖已不在，今日的上官幫主卻還在。」

葉開道：「飛刀也在。」

上官小仙道：「昔年他們那一戰，雖足以驚天地，泣鬼神，卻沒有人能親眼看到。」

丁靈琳忍不住道：「今日你們這一戰，卻一定會有人親眼看到。」

上官小仙道：「沒有。」

丁靈琳道：「有。」

上官小仙霍然轉頭，盯著她，冷冷道：「你想看？」

丁靈琳道：「我一定能看得到。」

上官小仙冷笑道：「那麼你就只有看著葉開死。」

丁靈琳也在冷笑。

上官小仙道：「你若在這裡，我的飛針出手，第一個要對付的就是你，他若爲你分心他就只有死。」

丁靈琳怔住。

上官小仙既沒有再說一句話，也沒有再看她一眼，她卻只有走出去。

她走出去時，全身都已冰冷。

門關起，把生命中所有的一切，全都關在門外。

門裡剩下的只有死？

死的是誰？

丁靈琳的腰彎下，幾乎已忍不住要嘔吐。

她又有了那種無可奈何的感覺，這種感覺才真的能讓她發瘋。

可是發瘋也沒有用。

昔年那一戰，她雖然沒有見到，卻聽說過。

就連小李探花自己也承認，上官金虹的確有很多機會可以殺他，甚至還可以令他無法還手。

上官金虹故意將那些機會全都錯過了，只因爲他始終想賭一賭。

——賭他是不是能躲得過小李探花那「例不虛發」的出手一刀。

這次上官小仙自然絕不會再犯同樣的錯誤。

丁靈琳嘴裡在流著苦水。

葉開也許正在這扇門裡，受著死的折磨，她卻只有在門外看著。

就像孫小紅和阿飛在等李尋歡時一樣。

可是他們還有兩個人。

在上官金虹的密室外，那扇門是鐵鑄的，無論誰也撞不開。

現在她面前的這扇門，她隨時都可以闖進去，卻偏偏不敢闖進去。

她絕不能讓葉開分心。

她實在希望面前的這扇門，也是扇撞不開的鐵門，那樣她至少不必再忍受這種「控制自己」的痛苦。

沒有親身經歷過的人，絕對想像不到這種痛苦有多麼可怕。

她簡直恨不得能將自己的一雙腳用釘子釘起來。

夜已深了。

丁靈琳還在等，整個人都已因「等待」而崩潰，悲哀的是，她竟不知道自己是在等什麼？

她等的也許只不過是葉開的死。

想到上官小仙的機智和武功，她實在不知道葉開能有幾分機會活著走出來。

所以在這扇門打開的那一瞬間，她幾乎連心跳都已停止。

直到她又看見葉開。

葉開看來很疲倦，但卻是活著的。

活著，這才是最重要的事。

丁靈琳看著他，眼淚終於慢慢的流了下來——當然是歡喜的淚。

歡喜時也和悲哀時一樣，除了流淚外，什麼話都說不出，什麼事都不能做，甚至連動都不能動。

「上官小仙呢？」

過了很久，她才能問出這句話。

回答只有三個字：「她敗了。」

她敗了。

這是多麼簡單的三個字。

決定勝負，也只不過是一刹那間的事。

但是又有誰能想像，這一刹那的緊張和刺激。

這一刹那對江湖的影響，又是何等深鉅。

一刹那！

一刀！

那一閃的刀光，又是何等驚心，何等壯麗？

你甚至不必親眼去看，只要去想一想，你的呼吸都不禁要停頓。

可是丁靈琳並沒有想。

所有的一切事，對她都不重要，重要的是，葉開還活著。

只要葉開還活著，她就已心滿意足了。

門裡還有哭泣聲，死人是不會哭的。

難道上官小仙還沒有死？

葉開的刀，本不是殺人的刀。

他讓她活下去，是不是因為他知道她以後已不會再是和以前同樣的一個上官小仙了？

——寬恕遠比報復更偉大。

以牙還牙，以血還血，這句話對葉開是不適用的。

他用的是小李飛刀。

這種刀的力量是愛，不是恨。

上官小仙是不是也能懂得這道理？

丁靈琳也沒有再問，因爲現在她心裡只有愛，沒有恨，她正在看著葉開的眼睛……

生命如此美好，愛情如此奇妙，一個人若還不能忘記仇恨，豈非愚蠢得很？

全書完。相關情節請續看《飛刀．又見飛刀》

【附錄】

葉開與丁靈琳的故事

編者按：葉開與傅紅雪是古龍繼「小李飛刀」李尋歡與天涯浪子阿飛之後，所創作的新一代交光互映的傳奇人物。他們的事蹟，是小李飛刀精神的承續與光大。在本書《九月鷹飛》中，古龍主要是抒寫葉開的傳奇，並為小李飛刀的傳人與上官金虹的下一代之間難分難解的恩怨情仇，作一別開生面的了結；所以，古龍預設了讀者對葉開初出道時的諸般事蹟已經熟諳。例如，在《九月鷹飛》中，古龍放筆去鋪陳葉開與丁靈琳之間好事多磨、愛情一波三折的奇詭情節，是因預設了讀者對葉、丁這一對歡喜冤家的情事已了然於胸，故不需再作交代。

然而，畢竟有些讀者對「小李飛刀系列」的來龍去脈未必皆已熟稔，故而，本書將葉開與丁靈琳初出場時的精采情節，列為附錄，以便讀者將之與本書中的相關布局加以對照，從而可更深入地欣賞古龍作品間迴環呼應、左右逢源的意趣。其實，此處附錄的葉、丁故事，本身亦是古龍作品中的一大佳構。

鈴兒響叮噹

外面也有個小小的院子。

葉開退出門，院子裡陽光遍地，一條黑貓正懶洋洋的躺在樹蔭下，瞪著牆角花圃間飛舞著的蝴蝶。想去抓，又懶得動。

屋頂上當然沒有人。

葉開也知道屋頂上已絕不會有人了，杜婆婆當然不會還在那裡等著他。

他嘆了口氣，忽然覺得自己就像這條貓一樣，滿心以為只要一出手，就可以抓住那蝴蝶。

其實牠就算不懶，也一樣抓不到蝴蝶的。蝴蝶不是老鼠，蝴蝶會飛。

蝴蝶飛得更高了。

突然間，一雙手從牆外伸進來，拍的一聲，就將蝴蝶夾住。

蝴蝶不見了，手也不見了。

牆頭上卻已有個人在坐著。

牆外是一片荒瘠的田地，也不知種的是麥子，還是梅花。

在這種地方，無論種什麼，都不會有好收成的，但卻還是要將種籽種下去。

這就是生活。每個人都要活下去，每個人都得要想個法子活下去。

荒田間，也有些破爛的小屋，他們才是這貧窮的荒地上，最貧窮的人。

在這小屋子裡長大的孩子，當然一個個都面有菜色。但孩子畢竟還是孩子，總是天真的。

現在正有七八個孩子，圍在牆外，睜大了眼睛，看著樹下的一個人。

坐在牆頭上的葉開，也正在看著這個人。

這人圓圓的臉，大大的眼睛，皮膚雪白粉嫩，笑起來一邊一個酒渦。

她也許並不能算是個美人，但卻無疑是個很可愛的女人。

現在她穿著件輕飄飄的月白衫子，雪白的脖子上，戴著個金圈圈，金圈圈上還掛著兩枚金鈴鐺。

她手上也戴著個金圈圈，上面也有兩枚金鈴鐺，風吹過的時候，全身的鈴鐺就「叮鈴鈴」的響。

但剛才她並不是這種打扮的，剛才她穿著的是件大紅衣裳。

剛才她站在旗桿上，現在卻站在樹下。

她面前擺著張破木桌子，桌上擺著一個穿紅衣服的洋娃娃，一面刻著花的銀牌，一塊紫水晶，一條五顏六色的鍊子，一對繡花荷包，一個鳥籠，一個魚缸。

她剛抓來的那隻蝴蝶，也和這些東西放在一起。誰也想不出她是從什麼地方將這些東西弄到這裡來的。最妙的是，鳥籠裡居然有對金絲雀，魚缸裡居然也有雙金魚。

孩子們看著她，簡直就好像在看著剛從雲霧中飛下來的仙女。

她拍著手，笑道：「好，現在你們排好隊，一個個過來拿東西，但一個人只能選一樣拿走，貪心的人我是要打他屁股的。」

孩子們果然很聽話。

第一個孩子走過，直著眼睛發了半天愣，這些東西每樣都是他沒看過的，他實在已看得眼花撩亂，到最後才選了那面銀牌。第二個孩子選的是金絲雀。

大眼睛的少女笑道：「好，你們都選得很好，將來一個可以去學做生意，一個可以去學做詩。」

兩個孩子都笑了，笑得很開心。

第三個是女孩子，選的是那繡花荷包。

第四個孩子最小，正在流著鼻涕，選了半天，竟選了那隻死蝴蝶。

少女皺了皺眉，道：「你知不知道別的東西比這死蝴蝶好？」

孩子點了點頭。

少女道：「那麼你為什麼要選這隻死蝴蝶呢？」

孩子囁嚅著，吃吃道：「因為我選別的東西，他們一定會想法子來搶走的，我又打不過他們，不好的東西才沒有人搶，我才可以多玩幾天。」

少女看著他，忽然笑了，嫣然道：「想不到你這孩子倒很聰明。」

孩子紅著臉，垂下頭。

少女眨著眼，又笑道：「我認得一個人，他的想法簡直就跟你完全一樣。」

孩子忍不住道：「他打不過別人？」

少女道：「以前他總是打不過別人，所以也跟你一樣，總是情願自己吃點虧。」

孩子道：「後來呢？」

少女笑道：「就因為這緣故，所以他就拚命的學本事，現在已沒有人打得過他了。」

孩子也笑一笑，道：「現在好東西一定全是他的了。」

少女道：「不錯，所以你若想要好東西，也得像他一樣，去拚命學本事，你懂不懂？」

孩子點頭道：「我懂，一個人要不被別人欺負，就要自己有本事。」

少女嫣然道：「對極了。」

她從手腕上解下個金鈴鐺，道：「這個給你，若有別人搶你的，你告訴我，我就打他屁股。」

孩子卻搖搖頭，道：「現在我不要。」

少女道：「為什麼？」

孩子道：「因為你一定會走的，我要了，遲早還是會被搶走，等以後我自己有了本事，我自然就會有很多好東西的。」

少女拍手道：「好，你這孩子將來一定有出息。」

孩子眨著眼，道：「是不是就跟你那朋友一樣？」

少女道：「對極了。」

她忽就彎下腰，在這孩子臉上親了親。

孩子紅著臉跑走了，卻又忍不住回過頭問道：「那個拚命學本事的人，叫什麼名字？」

少女道：「你為什麼要問？」

孩子道：「因為我要學他，所以我要把他的名字記在心裡。」

少女眨著眼，柔聲道：「好，你記著，他姓葉，叫葉開。」

孩子們終於全都走了。少女伸了個懶腰，靠在樹上，一雙美麗的大眼睛正在瞟著葉開。

葉開在微笑。

少女眼波流動，悠然道：「你得意什麼？我只不過叫一個流鼻涕的小鬼來學你而已。」

葉開笑道：「其實他應該學你的。」

少女道：「學我什麼？」

葉開道：「只要看見好東西，就先拿走再說，管他有沒有人來搶呢？」

少女咬著嘴唇，瞪著他，過了很久，才慢慢的說道：「但若是我真喜歡的東西，就算有人拿走，我遲早也一定要搶回來的，拚命也要搶回來。」

葉開嘆了口氣，苦笑道：「可是丁大小姐喜歡的東西，又有誰敢來搶呢？」

少女也笑了，嫣然道：「他們不來搶，總算是他們的運氣。」

她笑得花枝招展，全身的鈴鐺也開始「叮鈴鈴」的直響。

她的名字就叫丁靈琳。她身上的鈴鐺，就叫丁靈琳的鈴鐺。

丁靈琳的鈴鐺並不是很好玩的東西，也並不可笑。非但不可笑，而且可怕。

事實上，江湖中有很多人簡直對丁靈琳的鈴鐺怕得要命。

但葉開卻顯然不怕。這世界上好像根本就沒什麼是他害怕的。

丁靈琳笑完了，就又瞪起眼睛看著他，道：「喂，你忘了沒有？」

葉開道：「忘了什麼？」

丁靈琳道：「你要我替你做的事，我好歹已替你做了。」

葉開道：「哦？」

丁靈琳道：「你要我冒充路小佳，去探聽那些人的來歷。」

葉開道：「你好像並沒有探聽出來。」

丁靈琳道：「那也不能怪我。」

葉開道：「不怪你怪誰？」

丁靈琳道：「怪你自己，你自己說他不會這麼早來的。」

葉開道：「我說過？」

丁靈琳道：「你還說，就算他來了，你也不會讓我吃虧。」

葉開道：「你好像也沒有吃虧。」

丁靈琳恨恨道：「但我幾時丟過那種人？」

葉開道：「誰叫你整天正事不做，只顧著去欺負別人。」

丁靈琳的眼睛突然瞪得比鈴鐺還圓，大聲道：「別人？別人是誰？你和她又有什麼關係？到現在還幫著她說話？」

葉開苦笑道：「至少她並沒有惹你。」

丁靈琳道：「她就是惹了我，我看見她在你旁邊，我就不順眼。」

別人還以為她在為了路小佳吃醋，誰知她竟是為了葉開。

她對路小佳說的那些話，原來也只不過是說給葉開聽的。

她的手叉著腰，瞪著眼睛，又道：「我追了你三個多月，好容易才在這裡找到你，你要我替你裝神扮鬼，我也依著你，我有哪點對不起你，你說！」

葉開還有什麼話可說的？

丁靈琳跺著腳，腳上也有鈴鐺在響，但她說話卻比鈴鐺還脆還急。

葉開就算有話說，也沒法子說得出來。

丁靈琳道：「我問你，你明明要對付馬空群，為什麼又幫著他的女兒？那小丫頭究竟跟你有什麼見不得人的關係？」

葉開道：「什麼關係也沒有。」

丁靈琳冷笑道：「好，這是你說的，你們既然沒有關係，我現在就去殺了她。」

丁大小姐說出來的話，一向是只要說得出，就做得到的。

葉開只有趕緊跳下來，攔住她，苦笑道：「我認得的女人也不知道有多少個，你難道要把她們一個個全都殺了？」

丁靈琳道：「我只殺這一個。」

葉開道：「為什麼？」

丁靈琳道：「我高興。」

葉開嘆了一口氣，說道：「好吧，你究竟要我怎麼樣？」

丁靈琳眼珠子轉了轉，道：「第一，我要你以後無論到哪裡去，都不許甩開我。」

葉開道：「嗯。」

丁靈琳的大眼睛瞇起來了，用她那晶瑩的牙齒，咬著纖巧的下唇，用眼角瞟著葉開，道：「還有，我要你拉著我的手，到鎮上去走一圈，讓每人都知道我們是……是好朋友，你答不答應？」

葉開又嘆了口氣，苦笑道：「莫說只要我拉著你的手，就算要我拉著你的腳都沒關係。」

丁靈琳笑了。

她笑起來的時候，身上的鈴鐺又在「叮鈴鈴」的響，就好像她的笑聲一樣清悅動人。

烈日。

大地被烘烤得就像是一張剛出爐的麥餅，草木就是餅上的蔥。你若伸手去摸一摸，就會感覺出它是熱的。

馬芳鈴打著馬，狂奔在草原上。

草原遼闊，晴空萬里。

一粒粒珍珠般的汗珠，沿著她纖巧的鼻子流下來，她整個人都像是在烤爐裡。

她根本不知道要往哪裡去。直到現在，她才知道自己是個多麼可憐的人，她忽然對自己起了種說不出的同情和憐憫。

她雖然有個家，但家裡卻已沒有一個可以了解她的人。

沈三娘走了，現在連她的父親都已不在。

朋友呢？沒有人是她的朋友，那些馬師當然不是，葉開……葉開最好去死。

她忽然發覺自己在這世界上竟是完全無依無靠的。這種感覺簡直要令她發瘋。

烈日照大旗

「關東萬馬堂」鮮明的旗幟，又在風中飄揚。

你若站在草原上，遠遠看過去，有時甚至會覺得那像是一個離別的情人，在向你揮著絲巾。

那上面五個鮮血的字，卻像是情人的血和淚。

這五個字豈非就是血淚交織成的。

現在正有一個人靜靜的站在草原上，凝視著這面大旗。

他的身形瘦削而倔強，卻又帶著種無法描述的寂寞和孤獨。

碧天長草，他站在那裡，就像是這草原上一棵倔強的樹。

樹也是倔強，孤獨的。卻不知樹是否也像他心裡有那麼多痛苦和仇恨？

馬芳鈴看到了他，看到了他手裡的刀；陰鬱的人，不祥的刀。

但她看見他時，心裡卻忽然起了種說不出的溫暖之意，就彷彿剛把一杯辛辣的苦酒，倒下咽喉。

她本不該有這種感覺。

一個孤獨的人，看到另一個孤獨的人時，那種感覺除了他自己外，誰也領略不到。

她什麼都不再想，就打馬趕了過去。

傅紅雪好像根本沒有發現她——至少並沒有回頭看她。

她已躍下馬，站著凝視著那面大旗，有風吹過的時候，他就可以聽見她急促的呼吸。

風並不大。烈日之威，似已將風勢壓了下去，但風力卻剛好還能將大旗吹起。

馬芳鈴忽然道：「我知道你心裡在想什麼。」

傅紅雪沒有聽見，他拒絕聽。

馬芳鈴道：「你心裡一定在想，總有一天要將這面大旗砍倒。」

傅紅雪閉緊了嘴，也拒絕說。

但他卻不能禁止馬芳鈴說下去，她冷笑了一聲，道：「可是你永遠砍不倒的！永遠！」

傅紅雪握刀的手背上，已暴出青筋。

馬芳鈴道：「所以我勸你，還是趕快走，走得愈遠愈好。」

傅紅雪忽然回過頭，瞪著她。他的眼睛裡彷彿帶著種火焰般的光，彷彿要燃燒了她。

然後他才一字字道：「你知道我要砍的並不是那面旗，是馬空群的頭！」

他的聲音就像刀鋒一樣。

馬芳鈴竟不由自主後退了兩步，卻又大聲道：「你為什麼要這樣恨他？」

傅紅雪笑了，露出了雪白的牙齒，笑得就像頭憤怒的野獸。

無論誰看到這種笑容，都會了解他心裡的仇恨有多麼可怕。

馬芳鈴又不由自主後退了半步，大聲道：「可是你也永遠打不倒他的，他遠比你想像的強得多，你根本比不上他！」

她的聲音就像是在呼喊。一個人心裡愈恐懼時，說話的聲音往往就愈大。

傅紅雪的聲音卻很冷靜，緩緩道：「你知道我一定可以殺了他的，他已經老了，太老了，老得已只敢流血。」

馬芳鈴拚命咬著牙，但是她的人卻已軟了下去，她甚至連憤怒的力量都沒有，只是恐懼。

她忽然垂下了頭，黯然道：「不錯，他已老了，已只不過是個無能為力的老頭子，所以你就算殺了他對你也沒什麼好處。」

傅紅雪目中也露出一種殘酷的笑意，道：「你是不是在求我不要殺他？」

馬芳鈴道：「我……我是在求你，我從來沒有這樣求過別人。」

傅紅雪道：「你以為我會答應？」

馬芳鈴道：「只要你答應，我……」

傅紅雪道：「你怎麼樣？」

馬芳鈴的臉突然紅了，垂著頭道：「我就隨便你怎麼樣，你要我走，我就跟著你走，你要我到哪裡，我就到哪裡。」

她一口氣說完了這些話，說完了之後，才後悔自己為什麼會說出這些話。連她自己也不知道這些話是不是她真心想說的。

難道這只不過是她在試探傅紅雪，是不是還像昨天那麼急切的想得到她！用這種方法來試探，豈非太愚蠢、太危險、太可怕了！

幸好傅紅雪並沒有拒絕，只是冷冷的看著她。

她忽然發現他的眼色不但殘酷，而且還帶著種比殘酷更令人無法忍受的譏誚之意。

他好像在說：「昨天你既然那樣拒絕我，今天為什麼又來找我？」

馬芳鈴的心沉了下去。這無言的譏誚，實在比拒絕還令人痛苦。

傅紅雪看著她，忽然道：「我只有一句話想問你——你是為了你父親來求我的？還是為了你自己？」

他並沒有等她回答，問過了這句話，就轉身走了，左腿先跨出一步，右腿再慢慢的跟了上去。這種奇特而醜陋的走路姿態，現在似乎也變成了一種諷刺。

馬芳鈴用力握緊了她的手，用力咬著牙，卻還是倒了下去。

砂土是熱的，又鹹又熱又苦。她的淚也一樣。

剛才她只不過是在可憐自己，同情自己，此刻卻是在恨自己，恨得發狂，恨得要命，恨不得大地立刻崩裂，將她埋葬！

剛才她只想毀了那些背棄她的人，現在卻只想毀了自己……

太陽剛好照在街心。

街上連個人影都沒有，但窗隙間，門縫裡，卻有很多雙眼睛在偷偷的往外看，看一個人。

看路小佳。

路小佳正在一個六尺高的大木桶裡洗澡，木桶就擺在街心。

水很滿，他站在木桶裡，頭剛好露在水面。

一套雪白嶄新的衫褲，整整齊齊的疊著，放在桶旁的木架上。

他的劍也在木架上，旁邊當然還有一大包花生。

他一伸手就可以拿到劍，一伸手也可以拿到花生，現在他正拈起一顆花生，捏碎，剝掉，拋起來，張開了嘴。

花生就剛好落入他嘴裡。

他顯然愜意極了。

太陽很熱，水也在冒著熱氣，但他臉上卻連一粒汗珠都沒有。

他甚至還嫌不夠熱，居然還敲著木桶，大聲道：「燒水，多燒些水。」

立刻有兩個人提著兩大壺開水從那窄門裡出來，一人是丁老四，另一人面黃肌瘦，留著兩撇老鼠般的鬍子，正是糧食行的胡掌櫃。

他看來正像是個偷米的老鼠。

路小佳皺眉道：「怎麼只有你們兩個人，那姓陳的呢？」

胡掌櫃陪笑道：「他會來的，現在他大概去找女人去了，這地方中看的女人並不多。」

他剛說完這句話，就立刻看到了一個非常中看的女人。

這女人是隨著一陣清悅的鈴聲出現的，她的笑聲也正如鈴聲般清悅。

太陽照在她身上，她全身都在閃著金光，但她的皮膚卻像是白玉。

她穿的是件薄薄的輕衫，有風吹過的時候，男人的心跳都可能要停止。

她的手腕柔美，手指纖長秀麗，正緊緊的拉著一個男人的手。

胡掌櫃的眼睛已發直，窗隙間，門隙裡的眼睛也全都發了直。

他們還依稀能認得出她，就是那「很喜歡」路小佳的紅衣姑娘。

誰也想不到她竟會拉著葉開的手，忽然又出現在這裡。

就算大家都知道女人的心變得快，也想不到她變得這麼快。

丁靈琳卻全不管別人在想什麼。

她的眼睛裡根本就沒有別人，只是看著葉開，忽然笑道：「今天明明是殺人的天氣，為什麼偏偏有人在這裡殺豬？」

葉開道：「殺豬？」

丁靈琳道：「若不是殺豬，要這麼燙的水幹啥？」

葉開笑了，道：「聽說生孩子也要用燙水的。」

丁靈琳眨著眼，道：「奇怪，這孩子一生下來，怎麼就有這麼大了。」

葉開道：「莫非是怪胎？」

丁靈琳一本正經的點點頭，忍住笑道：「一定是怪胎。」

門後面已有人忍不住笑出聲來。

笑聲突又變成驚呼，一個花生殼突然從門縫裡飛進來，打掉他兩顆大牙。

路小佳的臉色鐵青，就好像坐在冰水裡，瞪著丁靈琳，冷冷道：「原來是要命的丁姑娘。」

丁靈琳眼波流動，嫣然道：「要命這兩個字多難聽，你為什麼不叫我那好聽一點的名字？」

路小佳道：「我本就該想到是你的，敢冒我的名字的人並不多。」

丁靈琳道：「其實你的名字也不太好聽，我總奇怪，為什麼有人要叫你梅花鹿呢？」

路小佳淡淡道：「那也許只因為他們都知道梅花鹿的角也很利，碰上牠的人就得死。」

丁靈琳道：「那麼你就該叫大水牛才對，牛角豈非更厲害？」

路小佳沉下了臉。他現在終於發現跟女人鬥嘴是件不智的事，所以忽然改口道：「你大哥好嗎？」

丁靈琳笑了，道：「他一向很好，何況最近又贏來了一口好劍，是跟南海來的飛鯨劍客比劍贏來的，你知道他最喜歡的就是好劍了。」

路小佳又道：「你二哥呢？」

丁靈琳道：「他當然也很好，最近又把河北『虎風堂』打得稀爛，還把那三條老虎的腦袋割了下來，你知道他最喜歡的就是殺強盜了。」

路小佳道：「你三哥呢？」

丁靈琳道：「最好的還是他，他和姑蘇的南宮兄弟鬥了三天，先鬥唱、鬥棋，再鬥掌、鬥劍，終於把『南宮世家』藏的三十罈陳年女兒紅全贏了過來，還加上一班清吟小唱。」

她嫣然接著道：「丁三少最喜歡的就是醇酒美人，你總該也知道的。」

路小佳道：「你姐夫喜歡的是什麼？」

丁靈琳失笑道：「我姐夫喜歡的當然是我姐姐。」

路小佳道：「你有多少姐姐？」

丁靈琳笑道：「不多，只有六個。你難道沒聽說過丁家的三劍客，七仙女？」

路小佳忽然笑了笑，道：「很好。」

丁靈琳眨了眨眼，道：「很好是什麼意思？」

路小佳道：「我的意思就是說，幸好丁家的女人多，男人少。」

丁靈琳道：「那又怎麼樣？」

路小佳道：「你知道我一向不喜歡殺女人的。」

丁靈琳道：「哦？」

路小佳道：「只殺三個人幸好不多。」

丁靈琳好像覺得很有趣，道：「你是不是準備去殺我三個哥哥？」

路小佳道：「你是不是只有三個哥哥？」

丁靈琳忽然嘆了口氣，道：「很不好。」

路小佳道：「很不好？」

丁靈琳道：「他們不在這裡，當然很不好。」

路小佳道：「他們若在這裡呢？」

丁靈琳悠然道：「他們只要有一個人在這裡，你現在就已經是條死鹿了。」

路小佳看著她，目光忽然從她的臉移到那一堆花生上。

他好像因為覺得終於選擇了一樣比較好看的東西，所以對自己覺得很滿意，連那雙銳利的眸子，也變得柔和了起來。

然後他就拈起顆花生，剝開，拋起。

雪白的花生在太陽下帶著種賞心悅目的光澤，他看著這顆花生落到自己嘴裡，就閉起眼睛，長長的嘆了口氣，開始慢慢咀嚼。

溫暖的陽光，溫暖的水，花生香甜。

他對一切事都覺得很滿意。

丁靈琳卻很不滿意。

這本來就像是一齣戲，這齣戲本來一定可以繼續演下去的。她甚至已將下面的戲詞全都安排好了，誰知路小佳卻是個拙劣的演員，好像突然間就將下面的戲詞全都忘記，竟拒絕陪她演下去。

這實在很無趣。

丁靈琳嘆了口氣，轉向葉開道：「你現在總該已看出他是個怎麼樣的人了吧？」

葉開點點頭，道：「他的確是個聰明人。」

丁靈琳道：「聰明人？」

葉開微笑著道：「聰明人都知道用嘴吃花生要比用嘴爭吵愉快得多。」

丁靈琳只恨不得用嘴咬他一口。

葉開若說路小佳是個聾子，是個懦夫，那麼這齣戲一樣還是能繼續演下去。

誰知葉開竟也是一個拙劣的演員，也完全不肯跟她合作。

路小佳嚼完了這顆花生，又嘆了口氣，喃喃道：「我現在才知道原來女人也一樣喜歡看男人洗澡的，否則為什麼她還不肯走？」

丁靈琳跺了跺腳，拉起葉開的手，紅著臉道：「我們走。」

葉開就跟著她走。他們轉過身，就聽見路小佳在笑，大笑，笑得愉快極了。

丁靈琳咬著牙，用力用指甲掐著葉開的手。

葉開道：「你的手疼不疼？」

丁靈琳道：「不疼。」

葉開道：「我的手為什麼會很疼呢？」

丁靈琳恨恨道：「因為你是個混蛋，該說的話從來不說。」

葉開苦笑道：「不該說的話，我也一樣從來就不說的。」

丁靈琳道：「你知道我要你說什麼？」

葉開道：「說什麼也沒有用。」

丁靈琳道：「為什麼沒有用？」

葉開道：「因為路小佳已知道我們是故意想去激怒他的，也知道在這種時候絕不能發怒。」

丁靈琳道：「你怎麼知道他知道？」

葉開道：「因為他若不知道，用不著等到現在，早已變成條死鹿了。」

丁靈琳冷笑道：「你好像很佩服他？」

葉開道：「但最佩服的卻不是他。」

丁靈琳道：「是誰？」

葉開道：「是我自己。」

丁靈琳忍住笑，道：「我倒看不出你有哪點值得佩服的。」

葉開道：「至少有一點。」

丁靈琳道：「哪一點？」

葉開道：「別人用指甲掐我的時候，我居然好像不知道。」

丁靈琳終於忍不住嫣然一笑，她忽然也對一切事都覺得很滿意了，竟沒有發現有雙嫉恨的眼睛正在瞪著他們。

馬芳鈴的眼睛裡充滿了嫉恨之色，看著他們走進了陳大倌的綢緞莊。

他們本就決定在這裡等，等傅紅雪出現，等那一場可怕的決鬥。

丁靈琳也可藉這機會在這裡添幾套衣服。

只要有買衣服的機會，很少女人會錯過的。

馬芳鈴看著他們手拉著手走進去，他們兩個人的手，就像是捏著她的心。

這世上為什麼從來沒有一個人這樣來拉著她的手呢？

她恨自己，恨自己為什麼總是得不到別人的歡心。

牆角後很陰暗，連陽光都照不到這裡。

她覺得自己就像是個一出生就被父母遺棄了的私生子。

熱水又來了。

路小佳看著糧食行的胡掌櫃將熱水倒進桶裡，道：「人怎麼還沒有來？」

胡掌櫃陪笑道：「什麼人？」

路小佳道：「你們要我殺的人。」

胡掌櫃道：「他會來的。」

路小佳道：「他一個人來還不夠。」

胡掌櫃道：「還要一個什麼人來？」

路小佳道：「女人。」

胡掌櫃道：「我也正想去找陳大倌。」

路小佳淡淡道：「也許他永遠不會來了。」

胡掌櫃目光閃動，道：「為什麼？」

路小佳並沒有回答他的話，卻半睜著眼，看著他的手。

他的手枯瘦蠟黃，但卻很穩，裝滿了水的銅壺在他手裡，竟像是空的。

路小佳忽然笑了笑，道：「別人都說你是糧食店的掌櫃，你真的是？」

胡掌櫃勉強笑道：「當然……」

路小佳道：「但是我愈看你愈不像。」

他忽然壓低聲音，悄悄道：「我總覺得你們根本不必請我來。」

胡掌櫃道：「為什麼？」

路小佳悠然道：「你們以前要殺人時，豈非總是自己殺的？」

壺裡的水，已經倒空了，但提著壺的手，仍還是吊在半空中。

過了很久，這雙手才放下去，胡掌櫃忽然也壓低聲音，一字字道：「我們是請你來殺人的，並沒有請你來盤問我們的底細。」

路小佳慢慢的點了點頭，微笑道：「有道理。」

胡掌櫃道：「你開的價錢，我們已付給了你，也沒有人問過你的底細。」

路小佳道：「可是我要的女人呢？」

胡掌櫃道：「女人……」

他的話還沒有說完，忽然聽見一個人大聲道：「那就得看你要的是哪種女人了？」

這也是女人說話的聲音。

路小佳回過頭，就看到一個女人從牆後慢慢的走了出來。

一個很年輕、很好看的女人，但眼睛裡卻充滿了悲憤和仇恨。

馬芳鈴已走到街心。

太陽照在她臉上，她臉上帶著種很奇怪的表情，通常只有一個人被綁到法場時臉上才會有這種表情。

路小佳的目光已從她的腳，慢慢的看到她的臉，最後停留在她的嘴上。

她的嘴柔軟而豐潤，就像是一枚成熟而多汁的果實一樣。

路小佳笑了，微笑著道：「你是在問我想要哪種女人？」

馬芳鈴點點頭。

路小佳笑道：「我要的正是你這種女人，你自己一定也知道的。」

馬芳鈴道：「那麼你要的女人現在已有了。」

路小佳道：「是你？」

馬芳鈴道：「是我！」

路小佳又笑了。

馬芳鈴道：「你以為我在騙你？」

路小佳道：「你當然不會騙我，只不過我總覺得你至少也該先對我笑一笑的。」

馬芳鈴立刻就笑，無論誰也不能不承認她的確是在笑。

路小佳卻皺起了眉。

馬芳鈴道：「你還不滿意？」

路小佳嘆了口氣，道：「因為我一向不喜歡笑起來像哭的女人。」

馬芳鈴用力咬著嘴唇，過了很久，才輕輕道：「我笑得雖然不好，但別的事卻做得很好。」

路小佳道：「你會做什麼？」

馬芳鈴道：「你要我做什麼？」

路小佳看著她，忽然將盆裡的一塊浴巾拋了過去。

馬芳鈴只有接住。

路小佳道：「你知不知道這是做什麼用的？」

馬芳鈴搖搖頭。

路小佳道：「這是擦背的。」

馬芳鈴看看手裡的浴巾，一雙手忽然開始顫抖，連浴巾都抖得跌了下去。

可是她很快的就又撿起來，用力握緊。

她彷彿已將全身力氣都使了出來，光滑細膩的手背，也已因用力而凸出青筋。

可是她知道，這次被她抓在手裡的東西，是絕不會再掉下去的。她絕不能再讓手裡任何東西掉下去，她失去的已太多。

路小佳當然還在看著她，眼睛裡帶著尖針般的笑意，像是要刺入她心裡。

她咬緊牙，忽然問道：「我還有句話要問你。」

路小佳悠然道：「我也不喜歡多話的女人，但這次卻可以破例讓你問一問。」

馬芳鈴道：「你的女人現在已有了，你要殺的人現在還活著。」

路小佳道：「你不想讓他活著？」

馬芳鈴點點頭。

路小佳道：「你來，就是為了要我殺了他？」

馬芳鈴又點點頭。

路小佳又笑了，淡淡道：「你放心，我保證他一定活不長的。」

一劍震四方

酷熱。

剛下過雨的天氣，本不該這麼熱的。

汗珠沿著人們僵硬的脖子流下去，流入幾乎已濕透的衣服裡。

變色的大蜥蜴在砂石間爬行，彷彿也想找個比較陰涼的地方。

剛被雨水打濕的草，已又被曬乾了。

連風都是熱的。

風從草原上吹過來，吹在人身上，就像是地獄中魔鬼的呼吸。

只有在屋子裡比較陰涼些。

三尺寬的櫃台上，堆滿了一匹匹鮮艷的綢緞，一套套現成的衣服。

葉開坐在旁邊一張籐椅裡，伸長了兩條腿，懶懶的看著丁靈琳選她的衣服。

店裡的兩個伙計，一個年紀比較大的，垂著手，陪笑在旁邊等著。

另一個年輕人，已乘機溜到門口去看熱鬧了。

他們在這行已幹了很久，已懂得女人在選衣服的時候，男人最好不要在旁邊參加意見。

丁靈琳選了件淡青色的衣服，在身上比了比，又放下，輕輕嘆了口氣，道：「想不到這地方的存貨倒還不少。」

葉開道：「別人只有嫌貨少的，你難道還嫌貨多了不成？」

丁靈琳點點頭，道：「貨愈多，我愈拿不定主意，若是只有幾件，說不定我已全買了下來。」

葉開也嘆了口氣，道：「這倒是實話。」

年輕的伙計陪笑道：「只因為萬馬堂的姑奶奶和小姐們常來光顧，所以小店才不能不多備些貨，實在抱歉得很。」

丁靈琳忍不住笑了，道：「你用不著為這點抱歉的，這不是你的錯。」

年長的伙計道：「但主顧永遠是對的，姑娘若嫌小店的貨多了，就是小店的錯。」

丁靈琳笑道：「你倒真會做生意，看來我想不買也不行了。」

站在門口的年輕伙計，忽然長長嘆息了一聲，喃喃道：「想不到，真想不到……」

丁靈琳皺眉道：「你想不到我會買？」

年輕的伙計怔了怔，轉過身陪笑道：「小的怎麼敢有這意思！」

丁靈琳道：「你是什麼意思？」

年輕的伙計道：「小的只不過絕想不到馬大小姐真會替人擦背而已。」

丁靈琳道：「馬大小姐？」

伙計道：「就是萬馬堂三老闆的千金。」

丁靈琳道：「是不是那個穿紅衣服的？」

伙計道：「三老闆只有這麼樣一位千金。」

丁靈琳道：「她在替誰擦背？」

伙計道：「就是……就是那位在街上洗澡的大爺吶。」

丁靈琳眼珠子一轉，轉過頭去看葉開。

葉開瞇著眼，似乎在打瞌睡。

丁靈琳道：「喂，你聽見了沒有？」

葉開道：「嗯。」

丁靈琳道：「你的好朋友在替人擦背，你難道不想出去看看？」

葉開道：「嗯。」

丁靈琳道：「嗯是什麼意思？」

葉開打了個呵欠，道：「若是男人在替女人擦背，用不著你說，我早已出去看了，女人替男人擦背是天經地義的事，有什麼好看的。」

丁靈琳瞪著他，終於又忍不住笑了。

那年輕的伙計忽又嘆了口氣，道：「小的倒明白馬姑娘是什麼意思。」

丁靈琳道：「哦？」

這伙計嘆道：「馬姑娘這樣委屈自己，全是為了三老闆。」

丁靈琳道：「哦？」

這伙計道：「因為那跛子是三老闆的仇家，馬姑娘生怕三老闆年紀大了，不是他的對手。」

丁靈琳道：「所以她不惜委曲自己，為的就是要路小佳替她殺了那跛子？」

這伙計點頭嘆道：「她實在是位孝女。」

丁靈琳突然冷笑，道：「也許她只不過是喜歡替男人擦背而已。」

這伙計怔了怔，想說什麼，但被那年長的伙計瞪了一眼後，就垂下了頭。

這時外面突然傳來一陣馬蹄聲。蹄聲很亂，來的人顯然不止一個。

丁靈琳眼珠流動，道：「你出去看看，是些什麼人來了！」

這伙計雖然對她很不服氣，還是垂著頭走了出去。

「來的是萬馬堂的老師傅。」

「來了多少？」

「好像有四五十位。」

丁靈琳沉吟著，用眼角瞟著葉開，道：「你看他們是想來幫忙的？還是來看熱鬧的？」

葉開又打了個呵欠，道：「這就得看他們是笨蛋，還是聰明人了。」

丁靈琳道：「假如他們是想來幫忙的，就是如假包換的笨蛋？」

葉開道：「不折不扣的笨蛋。」

他笑了笑，又道：「這麼好看的熱鬧，也只有笨蛋才會錯過的。」

丁靈琳也笑了笑，道：「你是不是一心一意等著看究竟是傅紅雪的刀快，還是路小佳的劍快？」

葉開道：「就算要我等三天，我都會等。」

丁靈琳道：「所以你不是笨蛋。」

葉開道：「絕不是。」

這時街上已漸漸有各式各樣的聲音傳了進來，有咳嗽聲，有低語聲，但大多數卻還都是充滿了驚訝和感慨的嘆息聲。

看到馬大小姐在替人擦背，顯然有很多人驚訝，有很多人不平。但卻沒有一個人敢出來管這閒事的。這世上的笨蛋畢竟不多。

突然間，所有的聲音全部停止，連風都彷彿也已停止。

店裡的兩個伙計彷彿突然感覺到有種說不出的壓力，令人窒息。

丁靈琳的眼睛裡卻突然發出了光，喃喃道：「來了，終於來了……」

沒有人動，沒有聲音。

每個人都已感覺到這種不可抗拒的壓力，壓得人連氣都透不過來。

「來了！終於來了……」

好熱的太陽，好熱的風！

風從草原上吹過來，這人也是從草原上來的。

路上的泥濘已乾透。

他慢慢的走上了這條路，左腿先邁出一步，右腿再慢慢的跟上來。

每個人都在看著他，太陽也正照在他臉上。

他的臉卻是蒼白的，白得透明，就像是遠山上亙古不化的冰雪。

但他的眼睛卻似已在燃燒。他的眼睛在瞪著馬芳鈴。

馬芳鈴的手停下，手裡的浴巾，還在往下滴著水。

她心裡卻在滴著血。

一滴，兩滴……悲哀、憤怒、羞侮、仇恨。

「你為什麼還不走？為什麼還要留在這裡？」

「我不能走，因為我要看著他死，死在我面前！」

她的心裡在掙扎、吶喊，可是她的臉上卻全沒有一絲表情。

傅紅雪的眼睛已盯在路小佳臉上。

路小佳卻連看都沒有看他，反而向丁老四和胡掌櫃招了招手。

他們只好走過去。

路小佳道：「你們要我殺的就是這個人？」

丁老四遲疑著，看了看胡掌櫃，兩個人終於同時點了點頭。

路小佳道：「你們真要我殺他？」

丁老四道：「當然。」

路小佳忽然笑了笑，道：「好，我一定替你們把他殺了。」

他伸出一隻手，慢慢的拿起了木架上的劍。

傅紅雪握刀的手立刻握緊。

路小佳還是沒有看他，卻凝注著手裡的劍，緩緩道：「我答應過的事，就一定會做到。」

丁老四陪笑道：「當然。」

路小佳道：「你放心？」

丁老四道：「當然放心。」

路小佳輕輕嘆了口氣，道：「你們既然已放心，就可以死了。」

丁老四皺眉道：「你說什麼？」

路小佳道：「我說你們已可以死了。」

他手裡的劍突然揮出，慢慢的揮出，並不快，也並沒有刺向任何人。

丁老四看著他手裡的劍揮出，一張臉突然抽緊，整個人都突然抽緊。

大家詫異的看著他的臉，誰也不知道這究竟是怎麼回事？

丁老四的人卻已倒了下去。他倒下去的時候，小腹下竟突然有股鮮血箭一般標出去。

大家這才看出，木桶裡刺出了一柄劍，劍尖還在滴著血。

丁老四正在看著路小佳右手中的劍時，路小佳左手的劍已從木桶裡刺出，刺進了他的小肚子。

就在這時，胡掌櫃也倒了下去，咽喉裡也有股鮮血標出來。

路小佳右手的劍，劍尖也在滴著血。

胡掌櫃看到那柄從木桶刺出的劍時，路小佳右手的劍已突然改變方向，加快，就僅是電光一閃，已刺穿了他的咽喉！

沒有人動，也沒有聲音。每個人連呼吸都似已停頓。

劍尖還在滴著血。

路小佳看到鮮血從他的劍尖滴落，輕輕嘆息著，喃喃道：「幹我這一行的人，就算洗澡的時候，也會在澡盆留一手的，現在你們總該懂了吧。」

馬芳鈴突然嘶聲道：「可是我不懂。」

路小佳道：「你不懂我為什麼要殺他們？」

馬芳鈴當然不懂，道：「你要殺的人並不是他們！」

路小佳忽又笑了笑，轉過頭，目光終於落到傅紅雪身上。

「你懂不懂？」

傅紅雪當然也不懂，沒有人懂。

路小佳道：「其實他們並不是真的要我來殺你的。他們只不過要在我跟你交手時，從旁邊暗算你。」

傅紅雪還是不太懂。

路小佳道：「這主意的確很好，因為無論誰跟我交手時，都絕無餘力再防備別人的暗算了，尤其是從木桶裡發出的暗算。」

傅紅雪道：「木桶裡？」

就在這時，突聽「砰」的一聲大震。聲音竟是從木桶裡發出來的，接著，木桶竟已突然被震開。

水花四濺，在太陽下閃起了一片銀光。竟突然有條人影從木桶裡竄了出來。

這人的身手好快。但路小佳的劍更快，劍光一閃，又是一聲慘呼。

太陽下又閃起了一串血珠，一個人倒在地上，赫然竟是金背駝龍！

沒有聲音，沒有呼吸。慘呼聲已消失在從草原上吹過來的熱氣裡。

也不知過了多久，丁靈琳才長長吐出口氣，道：「好快的劍！」

葉開點點頭，他也承認。

無論誰都不能不承認，一柄凡鐵打成的劍到了路小佳的手裡，竟似已變得不是劍了。

竟似已變成了一條毒蛇，一道閃電，從地獄中擊出的閃電。

丁靈琳嘆道：「現在連我都有點佩服他了。」

葉開道：「哦？」

丁靈琳道：「他雖然未必是聰明人，也未必是好人，但他的確會使劍。」

最後一滴血也滴了下去。

路小佳的眼睛這才從劍尖上抬起，看著傅紅雪，微笑道：「現在你懂了麼？」

傅紅雪點點頭。

現在他當然已懂了，每個人都懂了。

木桶下面竟有一節是空的，裡面竟藏著一個人。

水注入木桶後，就沒有人能再看得出桶有多深。

路小佳當然也沒有站直，所以也沒有人會想到木桶下還有夾層。

所以金背駝龍若從那裡發出暗器來，傅紅雪的確是做夢也想不到的。

路小佳道：「現在你總該明白，我洗澡並不是為了愛乾淨，而是因為有人付了我五千兩銀子。」

他笑了笑，又道：「為了五千兩銀子，也許連葉開都願意洗個澡了。」

葉開在微笑。

傅紅雪的臉卻還是冰冷蒼白的，在這樣的烈日下，他臉上甚至連一滴汗都沒有。

路小佳悠然道：「這主意連我都覺得不錯，只可惜他們還是算錯了一件事。」

傅紅雪忍不住問道：「什麼事？」

路小佳道：「他們看錯了我。」

傅紅雪道：「哦？」

路小佳道：「我殺過人，以後還會殺人，我也喜歡錢，為了五千兩銀子，我隨時隨地都願意洗澡。」

他又笑了笑，淡淡的接著道：「但是我卻不喜歡被人利用，更不喜歡被人當做工具。」

傅紅雪長長吐出口氣，目中的冰雪似已漸漸開始溶化。

他忽然覺得濕淋淋的站在他面前的這個人，至少還是個人。

路小佳道：「我若要殺人，一向都自己動手的。」

傅紅雪道：「這是個好習慣。」

路小佳道：「其實我還有很多好習慣。」

傅紅雪道：「哦？」

路小佳道：「我還有個好習慣，就是從不會把自己說出的話再吞下去。」

傅紅雪道：「哦？」

路小佳道：「現在我已收了別人的錢，也已答應別人要殺你。」

傅紅雪道：「我聽見了。」

路小佳道：「所以我還是要殺你。」

傅紅雪道：「但我卻不想殺你。」

路小佳道：「為什麼？」

傅紅雪道：「因為我一向不喜歡殺你這種人。」

路小佳道：「我是哪種人？」

傅紅雪道：「是種很滑稽的人。」

路小佳很驚訝，道：「我很滑稽？」

有很多人罵過他很多種難聽的話，卻從來還沒有人說過他滑稽的！

傅紅雪淡淡道：「我總覺得穿著褲子洗澡的人，比脫了褲子放屁的人還滑稽得多。」

葉開忍不住笑了，丁靈琳也笑了。

一個大男人身上若只穿著條濕褲子，樣子的確滑稽得很。

這種樣子至少絕不像殺人的樣子。

路小佳忽然也笑了，微笑著道：「有趣有趣，我實在想不到你這人也會如此有趣的，我一向最喜歡你這種人了。」

他忽又沉下臉，冷冷的說道：「只可惜我還是要殺你！」

傅紅雪道：「現在就殺？」

路小佳道：「現在就殺！」

傅紅雪道：「就穿著這條濕褲子？」

路小佳道：「就算沒有穿褲子，也還是一樣要殺你的。」

傅紅雪道：「很好。」

路小佳道：「很好？」

傅紅雪道：「我也覺得這機會錯過實在可惜。」

路小佳道：「什麼機會？」

傅紅雪道：「殺我的機會。」

路小佳道：「現在我才有殺你的機會？」

傅紅雪道：「因為你知道我現在絕不會殺你！」

路小佳動容道：「你這是什麼意思？」

傅紅雪淡淡道：「我只不過告訴你，我說出的話，也從來不會吞回去的。」

路小佳看著他，臉上帶著很奇怪的表情。

傅紅雪的臉上卻全無表情。

路小佳忽然笑了。

木架上有個皮褡包，被壓在衣服下。

他忽然用劍尖挑起，從褡包中取出兩張銀票。

一張是一萬兩的，一張是五千兩的。

路小佳道：「人雖沒有殺，澡卻已洗過了，所以這五千兩我收下，一萬兩卻得還給你。」

他將一萬兩的銀票拋在丁老四身上，喃喃道：「抱歉得很，每個人都難免偶而失信一兩次的，你們想必也不會怪我。」

沒有人怪他，死人當然更不會開口。

路小佳竟已用劍尖挑著他的褡包，揚長而去，連看都沒有再看傅紅雪一眼，也沒有再看馬芳鈴一眼。

大家只有眼睜睜的看著。

可是他走到葉開面前時，卻又忽然停下了腳步。

葉開還是在微笑。

路小佳上上下下看了他兩眼，忽也笑了笑，道：「你知道我為什麼要將這五千兩留下來？」

葉開微笑道：「不知道。」

路小佳將銀票送過去，道：「這是給你的。」

葉開道：「給我？為什麼給我？」

路小佳道：「因為我要求你一件事。」

葉開道：「什麼事？」

路小佳道：「求你洗個澡，你若再不洗澡，連我都要被你活活臭死了。」

他不讓葉開再開口，就已大笑著揚長而去。

葉開看著手裡的銀票，也不知是好氣，還是好笑。

丁靈琳卻已忍不住笑道：「無論如何，洗個澡就有五千兩銀子可拿，總是划得來的。」

葉開故意板著臉，冷冷道：「你好像很佩服他。」

丁靈琳眨了眨眼，道：「可是我最佩服的人並不是他。」

葉開道：「你最佩服的是你自己？」

丁靈琳道：「不是我，是你。」

葉開道：「你也最佩服我？」

丁靈琳點點頭道：「因為這世上居然有男人肯花五千兩銀子要你洗澡。」

葉開忍不住要笑了，但卻沒有笑。

因為就在這時，他已聽到有個人放聲大哭起來。

哭的是馬芳鈴。

她已忍耐了很久，她已用了最大的力量去控制她自己。

但她還是忍不住要哭，要放聲大哭。

她不但悲傷，而且氣憤。

因為她覺得被侮辱與損害了的人總是她，並沒有別人。

她開始哭的時候，傅紅雪正走過來，走過她身旁。

可是他並沒有看她，連一眼都沒有看，就好像走過金背駝龍的屍身旁一樣。

萬馬堂的馬師們，全都站在簷下，有的低下了頭，有的眼睛望著別的地方。

他們本也是剛烈兇悍的男兒，但現在眼看著他們堂主的獨生女在他們面前受辱，大家竟也全都裝做沒有看見。

馬芳鈴突然衝過去，指著傅紅雪，嘶聲道：「你們知道他是誰？他就是你們堂主的仇人，就是殺死你們那些兄弟的兇手，他存心要毀了萬馬堂，你們就這樣在旁邊看著？」

還是沒有人開口，也沒有人看她一眼。

大家的眼睛都在看著一個滿臉風霜的中年人。

他們叫這人焦老大，因為他正是馬師中年紀最長的一個。

他這一生，幾乎全都是在萬馬堂度過的，他已將這一生中最寶貴的歲月，全都消磨在萬馬堂中的馬背上。

現在他雙腿已彎曲，背也已有些彎了，一雙本來很銳利的眼睛，已被劣酒泡得發紅。

每當他睡在又冷又硬的木板床上撫摸到自己大腿上的老繭時，他也會想到別處去闖一闖。

可是他已沒有別的地方可去，因為他的根也已生在萬馬堂。

馬芳鈴第一次騎上馬背，就是被他抱上去的，現在她也在瞪著他，大聲道：「焦老大，只有你跟我爹爹最久，你為什麼也不開口？」

焦老大目中似也充滿悲憤之色，但卻在勉強控制著，過了很久，才長長嘆息了一聲，緩緩道：「我也無話可說。」

馬芳鈴道：「為什麼？」

焦老大握緊雙拳，咬著牙道：「因為我已不是萬馬堂的人了。」

馬芳鈴聳然道：「誰說的？」

焦老大道：「三老闆說的。」

馬芳鈴怔住。

焦老大道：「他給了我們每個人一匹馬，三百兩銀子，叫我們走。」

他拳頭握得更緊，牙也咬得更緊，嗄聲道：「我們為萬馬堂賣了一輩子命，可是三老闆說要我們走，我們就得走。」

馬芳鈴看著他，一步步往後退。

她也已無話可說。

葉開一直在很注意的聽著，聽到這裡，忽然失聲道：「不好！」

丁靈琳道：「什麼事不好？」

葉開搖了搖頭，還沒有說話，忽然看見一股濃煙衝天而起。

那裡本來正是萬馬堂的白綾大旗升起處！

濃煙，烈火。

葉開他們趕到那裡時，萬馬堂竟已赫然變成了一片火海。

天乾物燥，火勢一發，就不可收拾。

何況火上加了油——草原中獨有的，一種最易燃燒的烏油。

同時起火的地方至少有二三十處，一燒起來，就燒成了火海。

馬群在烈火中驚嘶，互相踐踏，想在這無情烈火中找條生路。

有的僥倖能衝過云，四散飛奔，但大多數卻已被困死。

烈火中已發出炙肉的焦臭。

「萬馬堂已毀了，徹底毀了。」

「毀了這地方的人，也正是建立這地方的人。」

葉開彷彿還可以看見馬空群站在烈火中，在向他冷笑著說：「這地方是我的，沒有人能夠從我手裡搶走它！」

現在他已實踐了他的諾言，現在萬馬堂已永遠屬於他。

火勢雖猛，但葉開的掌心卻在淌著冷汗。

誰也不會了解他現在的心情，誰也不知道他在想著什麼？

丁靈琳忽然嘆了口氣，道：「既然得不到，不如就索性毀了它，這人的做法也並不是完全錯的。」

她蒼白的臉，也已被火焰照得發紅，忽又失聲道：「奇怪，那裡怎麼還有個孩子？」

烈火將天都燒紅了，看來就像是一塊透明的琥珀。

血紅的太陽，動也不動的掛在琥珀裡。

也不知何時又起了風。

有火的地方，總是有風的。

遠處一塊還未被燃起的長草，在風中不停起伏，黃沙自遠處捲過來，消失在烈火裡。

烈火中的健馬悲嘶未絕，聽在耳裡，只令人忍不住要嘔吐。

血紅的太陽下，起伏的長草間，果然有個孩子癡癡的站在那裡。

他看著這連天的烈火，將自己的家燒得乾乾淨淨。

他的淚似也被烤乾了，似已完全麻木。

「小虎子。」

這孩子正是馬空群最小的兒子。

葉開忍不住匆忙趕過去，道：「你……你怎麼還在這裡？」

小虎子並沒有抬頭看他，只是輕輕的說道：「我在等你。」

葉開道：「等我？怎麼會在這裡等我？」

小虎子道：「我爹爹叫我在這裡等你，他知道你一定會來的。」

葉開忍不住問道：「他的人呢？」

小虎子道：「走了……已經走了……」

這小小的孩子直到這時，臉上才露出一絲悲哀的表情，像是要哭出來。

但他卻居然忍住了。

葉開忍不住拉起這孩子的手，道：「他什麼時候走的？」

小虎子道：「走了已經很久。」

葉開道：「他一個人走的？」

小虎子搖搖頭。

葉開道：「還有誰跟著他走？」

小虎子道：「三姨。」

葉開失聲道：「沈三娘？」

小虎子點點頭，嘴角抽動著，嗄聲道：「他帶著三姨走，卻不肯帶我走，他……他……」

這句話還沒有說完，這孩子終於已忍不住失聲痛哭了起來。

哭聲中充滿了悲慟、辛酸、憤怒，也充滿了一種不可知的恐懼。

他畢竟還是個孩子。

葉開看著他，心裡也不禁覺得很酸楚，丁靈琳已忍不住在悄悄的擦眼淚。

這孩子突然撲到葉開懷裡，痛苦著道：「我爹爹要我在這裡等你，他說你答應過他，一定會好好照顧我的，還有我姐姐……是不是？是不是？」

葉開又怎麼能說不是？

丁靈琳已將這孩子拉過去，柔聲道：「我保證他一定會好好照顧你的，否則連我都不答應。」

孩子抬頭看了看她，又垂下頭，道：「我姐姐呢？你們是不是也會好好照顧她？」

丁靈琳沒法子回答這句話了，只有苦笑。

葉開這才發現馬芳鈴竟已不知到什麼地方去了。

還有傅紅雪呢？

太陽已漸西沉。

草原上的火勢雖然還在繼續燃燒著，但總算也已弱了下去。

西風怒嘶，暮靄漸臨。

顯赫一時的關東萬馬堂現在竟已成了陳跡，火熄時最多也只不過還能剩下幾丘荒墳，一片焦土而已。

一手創立這基業的馬空群，現在竟已不知何處去。

這一切是誰造成的？

仇恨！有時甚至連愛的力量都比不上仇恨！

傅紅雪的心裡充滿了仇恨。他也同樣恨自己——也許他最恨的就是他自己。

長街上沒有人，至少他看不見一個活人。

所有的人都已趕到火場去了。這場大火不但毀了萬馬堂，無疑也必將毀了這小鎮，很多人都能看得出，這小鎮很快也會像金背駝龍他們的屍身一樣僵硬乾癟的。

街上泥土也同樣僵硬乾癟。

傅紅雪一個人走過長街，他左腿先邁出一步，右腿再慢慢的跟上去。他走的雖慢，卻絕不會停。

「也許我應該找匹馬。」他正在這麼樣想的時候，就看見一個人悄悄的從橫巷中走出來。一個纖弱而苗條的女人，手裡提著很大的包袱。

翠濃。

傅紅雪心裡突然一陣刺痛，因為他本已決心要忘記她了。

自從他知道她在這些年來一直在為蕭別離「工作」時，他已決心忘記她了。

但她卻是他這一生中唯一的女人。

翠濃彷彿早已在這裡等著他，此刻垂著頭，慢慢的走過來，輕輕道：「你要走？」

傅紅雪點點頭。

翠濃道：「去找馬空群？」

傅紅雪又點點頭，他當然非找馬空群不可。

翠濃道：「你難道要把我一個人留在這裡？」

傅紅雪的心又是一陣刺痛。他本已決心不再看她，但到底還是忍不住看了她一眼。

這一眼已足夠。

血紅的太陽，正照在她臉上，她的臉蒼白、美麗而憔悴。

她的眼睛裡充滿了一種無助的情意，彷彿正在對他說：「你不帶我走，我也不敢再求你，可是我還是要你知道，我永遠都是你的。」

黑暗中甜蜜的慾望，火一般的擁抱，柔軟香甜的嘴唇和胸膛——就在這一剎那間，全部又湧上了傅紅雪的心頭。

他的掌心開始淌出了汗。

太陽還照在他頭上，火熱的太陽。

翠濃的頭垂得更低，漆黑濃密的頭髮，流水般散落下來。

傅紅雪忍不住慢慢的伸出手，握著了她的頭髮。

她頭髮黑得就像是他的刀一樣。

血海深仇

太陽已消失，長街上寂無人跡。只有小樓上亮起了一點燈光，一個人推開了樓上的窗子，凝視著靜寂的長街。他知道黑夜已快來了。

血跡已乾透。一陣風吹過來，捲起了金背駝龍的頭髮。

蕭別離闔起眼睛，輕輕嘆息了一聲，慢慢的關起窗子。

燈剛點起來。他在孤燈旁坐了下去，他的人也正和這盞燈同樣孤獨。

燈光照在他臉上，他臉上的皺紋看來已更多，也更深了。

每一條皺紋中，不知隱藏著多少辛酸，多少苦難，多少秘密？

他替自己倒了杯酒，慢慢的喝下去，彷彿在等著什麼。

可是他又還能等待什麼呢？生命中那些美好的事物，早都已隨著年華逝去，現在他唯一還能等得到的，也許就是死亡。

寂寞的死亡，有時豈非也很甜蜜！

黑夜已來了。他用不著回頭去看窗外的夜色，也能感覺得到。

酒杯已空，他正想再倒一杯酒時，就已聽到從樓下傳來的聲音。

洗骨牌的聲音。

他嘴角忽然露出種神秘而辛澀的笑意，彷彿早已知道一定會聽到這種聲音。

於是他支起了枴杖，慢慢的走了下去。

樓下不知何時也已燃起了一盞燈。

一個人坐在燈下，正將骨牌一張張翻起來，目光中也帶著種神秘而辛澀的笑意。

葉開很少這麼笑的。他凝視著桌上的骨牌，並沒有抬頭去看蕭別離。

蕭別離卻在凝視著他，慢慢的在他對面坐下，忽然道：「你看出了什麼？」

葉開沉默了很久，才嘆息著，道：「我什麼也看不出來。」

蕭別離道：「為什麼？」

葉開在聽著。他看得出蕭別離已準備在他面前說出一些本來絕不會說的話。

過了很久，蕭別離果然又嘆息著道：「你當然早已想到我本不姓蕭。」

葉開承認。

蕭別離道：「一個人的姓，也不是他自己選的，他根本沒有選擇的餘地。」

葉開道：「這句話我懂，但你的意思我卻不懂。」

蕭別離道：「我的意思是說，我們本是同一種人，但走的路不同，只不過因為你的運氣比我好。」

他遲疑著，終於下了決心，一字字接著道：「因為你不姓西門。」

葉開道：「西門？西門春？」

蕭別離苦笑道：「你是不是早已想到了？」

葉開道：「我看到假扮老太婆的人，死在李馬虎店裡時才想到的。」

蕭別離道：「哦？」

葉開道：「那時我才想到，我叫了一聲西門春，他回過頭來，並不是在看我，而是在看你。」

蕭別離道：「哦？」

葉開道：「他回頭，只因為覺得驚訝，我怎會突然叫出你的名字。」

蕭別離道：「所以你才會認為他就是西門春。」

葉開嘆道：「每個人都有錯的。」

蕭別離道：「何況他自己也並不否認。」

葉開道：「他在你面前怎麼敢否認？」

蕭別離道：「那時你還以為李馬虎就是杜婆婆。」

葉開苦笑道：「直到現在，我還是想不出杜婆婆究竟藏在哪裡。」

蕭別離道：「你永遠想不出的。」

葉開道：「為什麼？」

蕭別離緩緩道：「因為誰也想不到杜婆婆和西門春本是一個人。」

葉開長長吐出口氣，苦笑道：「我實在想不到！」

他又看了蕭別離兩眼，嘆道：「直到現在，我還是看不出你能扮成老太婆。」

蕭別離淡淡道：「你若能看得出，我就不是西門春了。」

葉開嘆道：「這也就難怪江湖中人都説只有西門春才是千面人門下唯一的衣缽弟子。」

蕭別離道：「不是衣缽弟子。」

葉開道：「是什麼？」

蕭別離道：「是兒子！」

葉開動容道：「令尊就是千面人？」

蕭別離道：「嗯！」

葉開道：「因為我從一開始就已錯了。」

蕭別離嘆息著，慢慢的點了點頭，道：「每個人都難免會錯的。」

葉開嘆道：「我沒有想到馬空群會走，從來也沒有想到。」

蕭別離淡淡道：「我本來也以為他走不了的。」

葉開道：「可是他比我們想像中更聰明，他知道誰也不會錯過路小佳和傅紅雪的決鬥。」

蕭別離道：「他若要走，這的確是個再好也沒有的機會。」

葉開道：「也許他正是為了這緣故，才去找路小佳的。」

蕭別離道：「哦？」

葉開道：「他故意安排好那些詭計，故意要別人發現，為的只不過是要別人相信他的確是想暗算傅紅雪，想殺了傅紅雪。」

他嘆了口氣，苦笑道：「假如別人對他這目的完全沒有懷疑的話，當然就想不到他其實是想乘此機會逃走而已。」

蕭別離也笑了，淡淡道：「你最大的毛病，也許就是你總是想得太多了。」

葉開嘆道：「不錯，一個人的確還是不要想得太多的好。」

蕭別離忽也長長嘆了口氣，道：「你知道我最大的毛病是什麼？」

葉開搖搖頭。

蕭別離苦笑道：「我的毛病也是想得太多了。」

葉開凝視著他，道：「所以你也沒有想到他會走？是吧？」

蕭別離點點頭。

葉開眼睛裡又露出那種尖針般的笑意，看著他一字字道：「所以你才會替他去找路小佳來。」

蕭別離道：「你什麼時候知道的？」

他非但神色還是很平靜，而且竟完全沒有否認的意思。

葉開反問道：「你不否認？」

蕭別離淡淡的笑了笑，道：「在你這種人面前，否認又有什麼用？」

葉開也笑了，笑得並不像平時那麼開朗，彷彿對這個人覺得很惋惜。

蕭別離嘆了口氣，黯然地道：「也許我的確走錯了路。」

葉開道：「但你看來根本並不像是一個容易走錯路的人。」

蕭別離道：「走對了路的原因只有一種，走錯路的原因卻有很多種。」

葉開道：「哦？」

蕭別離道：「每個走錯路的人，都有他的種種原因。」

葉開道：「你的原因是什麼？」

蕭別離道：「我走的這條路，也許並不是我自己選擇的。」

他目中露出了迷惘沉痛之色，彷彿在凝視著遠方，過了很久，才慢慢的接著道：「也許有些人一生下來就已在這條路上，所以他根本沒有別的路可走。」

蕭別離目中又露出那種淒涼的笑意，道：「連我自己也不知道這究竟是我的幸運？還是我的不幸？」

葉開沒有説話，這句話本不是任何人能答覆的。

蕭別離道：「無論誰都不能不承認，先父是武林中的一位奇才，他武功的淵博和神奇之處，直到現在還沒有人能比得上。」

葉開也不能不承認。

蕭別離道：「他這一生中，忽男忽女，忽邪忽正，有人尊稱他為千面人神，也有人罵他是千面魔人，誰都不知道他究竟是怎麼樣一個人。」

葉開道：「你呢？」

蕭別離道：「我也不知道。我只知道他雖然將平生所學全都傳給了我，但也留給我一副擔子。」

葉開道：「什麼擔子？」

蕭別離道：「仇恨。」

這兩個字他說得很慢，彷彿用了很大力氣才能說出來。

葉開了解這種心情，也許沒有人比他更能了解仇恨是副多麼沉重的擔子了。

蕭別離道：「直到現在，江湖中人也還不知道他究竟是不是已經死了，有人說他已浮海東去，有人甚至說他已得道成仙。」

葉開道：「其實呢？」

蕭別離黯然道：「其實他當然早已死了。」

葉開忍不住問道：「怎麼死的？」

蕭別離道：「死在刀下。」

葉開道：「誰的刀？」

蕭別離霍然抬起頭，盯著他，道：「你應該知道是誰的刀！世上並沒有幾個人的刀能殺得死他！」

葉開沉默。他只有沉默，因為他的確知道那是誰的刀！

蕭別離冷冷道：「據說白大俠也是武林中的一位奇才，據說他刀法不但已獨步武林，而且可以算上是空前絕後。」

他語聲中已帶著種比刀鋒還利的仇恨之意，冷笑著道：「但他的為人呢？他……」

葉開立刻又打斷了他的話，道：「你無權批評他的為人，因為你恨他。」

蕭別離道：「你錯了，我並不恨他，我根本不認得他。」

葉開道：「但你卻想殺了他。」

蕭別離道：「我的確想殺他，甚至不惜付出任何代價，你知不知道那是為了什麼？」

葉開搖搖頭。他就算知道，也只能搖頭。

蕭別離道：「因為仇恨和愛不一樣，仇恨並不是天生的，假如有人也將一副仇恨的擔子交給了你，你就會懂得了。」

葉開道：「可是……」

蕭別離打斷了他的話，道：「傅紅雪就一定會懂的，因為這道理就跟他要殺馬空群一樣。」

他嘆了口氣，接著道：「傅紅雪也不認得馬空群，但卻也非殺他不可！」

葉開終於點了點頭，長嘆道：「所以那天晚上，你也到了梅花庵。」

蕭別離目光似又到了遠方，喃喃的嘆息著道：「那天晚上的雪真大……」

葉開眼睛突也露出刀鋒般的光，盯著他，道：「那天晚上的事你還記得很清楚？」

蕭別離黯然道：「我本來想忘記的，只可惜偏偏忘不了。」

葉開道：「因為你的這雙腿就是在那天晚上被砍斷的。」

蕭別離看著自己的斷腿，淡淡道：「世上又有幾個人的刀能砍斷我的腿。」

葉開道：「他雖然砍斷了你的腿，但卻留下了你的命。」

蕭別離道：「留下我這條命的，並不是他，而是那場大雪。」

葉開道：「大雪？」

蕭別離道：「就因為雪將我的斷腿凍住了，所以我才能活到現在，否則我連人都只怕已爛光了。」

葉開道：「所以你忘不了那場雪！」

蕭別離道：「我也忘不了那柄刀。」

他目中忽又露出種說不出的恐懼之色，那一場驚心動魄的血戰，彷彿又回到他面前。

白的雪，紅的血……血流在雪地上，白雪都被染紅。刀光也彷彿是紅的，刀光到了哪裡，哪裡就立刻飛濺起一片紅霧。

蕭別離額上已有了汗珠，是冷汗。過了很久，他才長嘆道：「沒有親眼看見的人，絕對想不到那柄刀有多麼可怕，那許多武林中的絕頂高手，竟有大半死在他的刀下。」

葉開立刻追問道：「你知道那些人是誰？」

蕭別離不知道。除了馬空群自己外，沒有人知道。

蕭別離道：「我只知道，那些人沒有一個人不恨他。」

葉開道：「難道每個人都跟他有仇？」

蕭別離冷笑道：「我就算無權批評他的人，但至少有權批評他的刀！」

他目中的恐懼之意更濃，握緊雙拳，嗄聲接著道：「那柄刀本不該在一個有血肉的凡人手裡，那本是柄只有在十八層地獄下才能煉成的魔刀。」

葉開道：「你怕那柄刀？」

蕭別離道：「我是個人，我不能不怕。」

葉開道：「所以現在你也同樣怕傅紅雪，因為你認為那柄刀現在已到了他手裡。」

蕭別離道：「只可惜這也不是他的運氣。」

葉開道：「哦？」

蕭別離道：「因為那本是柄魔刀，帶給人的只有死和不幸！」

他聲音突然變得很神秘，也像是某種來自地獄中的魔咒。

葉開竟忍不住打了個寒噤，勉強笑道：「可是他並沒有死。」

蕭別離道：「現在雖然還沒有死，但他這一生已無疑都葬送在這柄刀上，他活著，已不會再有一點快樂，因為他心裡只有仇恨，沒有別的！」

葉開忽然站起來，轉身走過去，打開了窗子。他好像忽然覺得這裡很悶，悶得令人窒息。

蕭別離看著他的背影，忽然笑了笑，道：「你知不知道我本來一直都在懷疑你！」

葉開沒有回答，也沒有回頭。

窗外夜色如墨。

蕭別離道：「我要你去殺馬空群，本來是在試探你的。」

葉開道：「哦？」

蕭別離道：「但這主意並不是我出的，那天晚上，樓上的確有三個人。」

葉開道：「還有一個是馬空群！」

蕭別離道：「就是他。」

葉開道：「丁求也是那天晚上在梅花庵外的刺客之一？」

蕭別離冷笑道：「他還不夠，他只不過是個貪財的駝子。」

葉開道：「所以你們收買了他。」

蕭別離道：「但我們卻沒有買到你，當時連我都沒有想到你會將這件事去告訴馬空群，我付出的代價並不小。」

葉開冷冷道：「那價錢的確已足夠買到很多人了，只可惜那些人現在都已變成了死人。」

蕭別離道：「他們死得並不可憐，也不可惜。」

葉開道：「可惜的是傅紅雪沒有死？」

蕭別離冷冷道：「那也不可惜，因為我知道遲早總有一天，他也必將死在刀下。」

葉開道：「馬空群呢？」

蕭別離道：「你認為傅紅雪能找到他？」

葉開道：「你認為找不到？」

蕭別離道：「他本來是匹狼，現在卻已變成條狐狸，狐狸是不容易被找到的，也很不容易被殺死。」

葉開道：「你這句話皮貨店老闆一定不同意。」

蕭別離道：「為什麼？」

葉開道：「若沒有死狐狸，那些狐皮袍子是哪裡來的？」

蕭別離說不出話來了。

葉開道：「莫忘記世上還有獵狗，而獵狗又都有鼻子。」

蕭別離突又冷笑道：「傅紅雪就算也有個獵狗般的鼻子，但是現在恐怕也只能嗅得到女人身上的脂粉香氣了。」

葉開道：「是因為翠濃？」

蕭別離點點頭。

葉開道：「難道翠濃在他身旁，他就找不到馬空群了？」

蕭別離淡淡道：「莫忘記女人喜歡的通常都是珠寶，不是狐皮袍子。」

這次是葉開說不出話來了。

蕭別離忽又笑了，道：「其實傅紅雪是否能找到馬空群，跟我有什麼關係？又跟你有什麼關係？」

葉開又沉默了很久，才一個字一個字的慢慢說道：「只有一點關係。」

蕭別離道：「什麼關係？」

葉開忽然轉過身，凝視著他，緩緩道：「你為何不問問我是什麼人？」

蕭別離道：「我問過，很多人都問過。」

葉開道：「現在你為何不問？」

蕭別離道：「因為我已知道你叫葉開，木葉的葉，開心的開。」

葉開道：「但葉開又是個什麼樣的人呢？」

蕭別離微笑道：「在我看來像是個很喜歡多管閒事的人。」

葉開忽然也笑了笑，道：「這次你錯了。」

蕭別離道：「哦？」

葉開道：「我管的並不是閒事。」

蕭別離道：「不是？」

葉開道：「絕不是！」

蕭別離看著他，看了很久，忽然問道：「你究竟是什麼人？」

葉開又笑了，道：「這句話我知道你一定會再問一次的。」

蕭別離道：「你知道的實在太多。」

葉開道：「你知道的實在太少。」

蕭別離冷笑。葉開忽然走過來，俯下身，在他耳邊低低說了幾句話。他聲音說得很輕，除了蕭別離外，誰也不能聽見他在說什麼。

蕭別離只聽了一句，臉上的笑容就忽然凍結，等葉開說完了，他全身每一根肌肉都似已僵硬。

風從窗外吹進來，燈光閃動。

閃動的燈光照在他臉上，這張臉竟似已變成了另外一個人的臉。他看著葉開時，眼色也像是在看著另外一個人。

沒有人能形容他臉上這種表情。那不僅是驚訝，也不僅是恐懼，而是崩潰……只有一個已完全徹底崩潰了的人，臉上才會有這種表情。

葉開也在看著他，淡淡道：「現在你是不是已承認了？」

蕭別離長長嘆息了一聲，整個人就像是突然萎縮了下去。

又過了很久，他才嘆息著道：「我的確知道的太少，我的確錯了。」

葉開也嘆了口氣，道：「我說過，每個人都難免會錯的。」

蕭別離悽慘的點點頭，道：「現在我總算已明白你的意思，這雖然已經太遲，但至少總比永遠都不明白的好。」

他垂下頭，看著桌上的骨牌，苦笑著又道：「我本來以為它真的能告訴我很多事，誰知道它什麼也沒有告訴我。」

骨牌在燈下閃著光，他伸出手，輕輕摩挲。

葉開看著他手裡的骨牌，道：「無論如何，它總算已陪了你很多年。」

蕭別離嘆道：「它的確為我解除了不少寂寞，若沒有它，日子想必更難過，所以它雖然騙了我，我並不怪它。」

葉開道：「能有個人騙騙你，至少也比完全寂寞的好。」

蕭別離悽然笑道：「你真的懂，所以我總覺得能跟你在一起談談，無論如何都是件令人愉快的事。」

葉開道：「多謝。」

蕭別離道：「所以我真想把你留下來陪陪我，只可惜我也知道你絕不肯的。」

他苦笑著，嘆息著，突然出手，去抓葉開的腕子。

他的動作本來總是那麼優美，那麼從容。但這個動作卻突然變得快如閃電，快得幾乎已沒有人能閃避。

他指尖幾乎已觸及了葉開的手腕。只聽「咔嚓」的一聲，已有樣東西被他捏碎了，粉碎！

但那並不是葉開的手腕，而是桌上裝骨牌的匣子。就在那電光石火般的一瞬間，葉開用這匣子代替了自己的腕子。

這本是個精巧而堅固的匣子，用最堅實乾燥的木頭做成的。

這種木頭本來絕對比任何人的骨頭都結實得多了，但到了他手裡，竟似突然變成了腐朽的乾酪，變成了粉末。

木屑粉末般從他指縫裡落下來。葉開的人卻已在三尺外。

過了很久，蕭別離才抬起頭，冷冷道：「你有雙巧手。」

葉開微笑道：「所以我很想留著它，留在自己的腕子上。」

蕭別離道：「你想必還有個獵犬般的鼻子。」

葉開道：「鼻子也捏不得，尤其是你這雙手更捏不得。」

摸了十幾年鐵鑄的骨牌後，無論什麼東西到了這雙手裡，都會變得不堪一捏了。

蕭別離道：「你難道真的不肯留下來陪陪我？」

葉開笑道：「這副骨牌陪了你十幾年，你卻還是把它的匣子捏碎了，豈非叫人看著寒心。」

蕭別離又長長嘆息了一聲，喃喃道：「看來你真是個無情的人。」

他身子突然躍起，以左手的鐵枴作圓心，將右手的鐵枴橫掃了出去。

沒有人能形容這一掃的威力。這麼大的一間屋子，現在幾乎已完全在他這隻鐵枴的威力籠罩下。

這一枴掃出，屋子裡就像是突然捲起了一陣狂風！

葉開的人卻已到了屋樑上。

他剛用腳尖勾住了屋樑，蕭別離突又凌空翻身，鐵枴雙舉。鐵枴裡突然暴雨般射出了數十點寒星。

斷腸針！他的斷腸針，原來竟是從鐵枴裡發出來的，他的手根本不必動，難怪沒有人能看得出了。

每一根斷腸針，都沒有人能閃避。現在他發出的斷腸針，已足夠要三十個人的命！

但葉開卻偏偏是第三十一個人。

他的人突然不見了。

等他的人再出現時，斷腸針卻已不見了。

蕭別離已又坐到他的椅子上，彷彿還在尋找著那已不存在了的斷腸針。

他不能相信。數十年來，他的斷腸針只失手過一次——在梅花庵外的那一次。

他從不相信還有第二次。但現在他卻偏偏不能不信。

葉開輕飄飄落下來，又在他對面坐下，靜靜的凝視著他。

屋子裡又恢復了平靜，沒有風，沒有針，就像是什麼都沒有發生過。

也不知過了多久，蕭別離終於嘆息了一聲，道：「我記得有人問過你一句話，現在我也想問問你。」

葉開道：「你問。」

蕭別離盯著他，一字字道：「你究竟是不是個人？算不算是一個人？」

葉開笑了。有人問他這句話，他總是覺得很愉快，因為這表示他做出的事，本是沒有人能做得到的。

蕭別離當然也不會等他答覆，又道：「我剛才對你三次出手，本來都是沒有人能閃避的。」

葉開道：「我知道。」

蕭別離道：「但你卻連一次都沒有還擊。」

葉開道：「我為什麼要還擊，是你想要我死，並不是我想要你死。」

蕭別離道：「你想怎麼樣？」

葉開道：「不怎麼樣。你還是可以在這裡開你的妓院，摸你的骨牌，喝你的酒。」

蕭別離雙拳突又握緊，眼角突然收縮，緩緩道：「以前我能這麼做，因為我有目的，因為我想保護馬空群，想等那個人來殺了他！」

他的臉已因痛苦而扭曲，嗄聲道：「現在我已沒什麼可想，我怎麼能再這樣活下去！」

葉開吐出口氣，淡淡道：「那就是你自己的事，你應該問你自己。」

他微笑著站起來，轉身走出去，他走得並不快，卻沒有回頭，也沒有停下來。

現在世上再也沒有人能令他留在這裡。

但蕭別離卻已只能留在這裡。

他已無處可去。

看著葉開走出了門，他身子突然顫抖起來，抖得就像是剛從噩夢中驚醒的孩子。

他的確剛從噩夢中驚醒，但醒來時卻比在噩夢中更痛苦。

夜更深，更靜。沒有人，沒有聲音，只有那骨牌還在燈下看著他。

他忽然抓起骨牌，用力拋出。

骨牌被拋出時，他的淚已落了下來……

一個人若已沒有理由活下去，就算還活著，也和死全無分別了。

這才是一個人最悲痛的。

絕沒有更大的。

東方已依稀現出了曙色。黑暗終必要過去，光明遲早總會來的。

青灰色的蒼穹下，已看不見煙火；無論多猛烈的火勢，也總有熄滅的時候。

救火的人已歸去，葉開站在山坡上，看著面前的一片焦土。

他心裡雖也覺得有點惋惜，卻並不覺得悲傷。因為他知道大地是永遠不會被毀滅的，就跟生命一樣。

宇宙間永遠都有繼起的生命！大地也永遠存在。

他知道用不著再過多久，生命就又會從這片焦土上長出來。

美麗的生命。

他眼前彷彿又出現了一片美麗的遠景，一片青綠。

這時風中已隱約有鈴聲傳來，鈴聲清悅，笑聲也同樣清悅。

丁靈琳已牽著那孩子向他走過來，銀鈴般笑道：「這次你倒真守信，居然先來了。」

葉開微笑著，看著這孩子。

看到這孩子充滿生命力的臉，他就知道自己的信念永遠是正確的。

他走上去，拉起這孩子的手，他要帶這孩子到一個地方去，將這孩子心裡的仇恨和痛苦埋藏在那裡。

他希望這孩子長大後，心裡只有愛，沒有仇恨！

這一代的人之所以痛苦，就因為他們恨得太多，愛得太少。

只要他們的下一代能健康快樂的活下去，他們的痛苦也總算有了價值。

石碑上的刀痕仍在，血淚卻已乾了。

葉開拉著孩子的手跪下去，跪在石碑前。

「這是你父親的兄弟，你要永遠記著，千萬不能和這家人的後代成為仇敵。」

「我會記得的。」

「你發誓永遠不忘記？」

「我發誓。」

葉開笑了，笑得從未如此歡愉。

「我知道你是個好孩子。」

「我想去找我爹爹和我姐姐，你帶不帶我去？」

「當然帶你去。」

「你能找到他們？」

「你要記著，只要你有信心，天下本沒有做不到的事。」

孩子也笑了。

笑容在孩子的臉上，就像是草原上馬群的奔馳，充滿了一種無比美麗的生命力，足以鼓舞人類前進。

但現在草原上卻仍是悲愴荒涼，放眼望去，天連著大地，地連著天，一片灰黯。

萬馬堂的大旗，是不是還會在這裡升上去？

風在呼嘯。

葉開大步走過寂靜的長街。

這些日子，他對這地方已很熟悉，甚至已有了感情，但現在他並沒有那種比風還難斬斷的離愁別緒。

因為他知道他必將回來的！

浪子回頭

陌生人點了點頭，說出一句葉開終生都難以忘記的話。

「能殺人並不難，能饒一個你隨時都可以殺他的仇人，才是最困難的事。」

葉開仔細咀嚼著這句話，只覺得滿懷又苦又甜，忍不住舉杯一飲而盡。

陌生人也舉杯一飲而盡，微笑著道：「我已有很久未曾這麼樣喝過酒了，我以前酒量本來不錯的，可是後來……」

他沒有再說下去。

葉開也沒有問，因為他已看出那雙無情的眼睛裡，忽然流露出的感情。

那是種很複雜的感情，有痛苦，也有甜蜜，有快樂，也有悲傷……

他的劍雖無情，但他的人卻一向是多情的。

他當然也有很多回憶。這些回憶無論是快樂的，還是悲傷的，也都比大多數人更深邃，更值得珍惜。

丁靈琳一直在看著他。

有葉開在身旁的時候，這是她第一次像這樣子看別人。

她忽然問道：「你真的就是那個阿……」

陌生人笑了笑，道：「我就是那個阿飛，每個人都叫我阿飛，所以你也可以叫我阿飛。」

丁靈琳紅著臉笑了，垂下頭道：「我可不可以敬你一杯酒？」

陌生人道：「當然可以。」

丁靈琳搶著先喝了這杯酒，眼睛裡已發出了光，能和阿飛舉杯共飲，無論誰都會覺得是件非常驕傲的事。

陌生人看著她年輕發光的眼睛，心裡卻不禁有些感傷。他自己心裡知道，現在他已永遠不會再是以前那個阿飛了。

以前那個縱橫江湖的阿飛，現在在江湖中卻已只不過是個陌生人，連他自己也不願意再聽人談起他那些足以令人熱血沸騰的往事。

這些感傷當然是丁靈琳現在所不能了解的，所以她又笑著道：「我早就聽說你是天下出手最快的人，可是一直到今天，我才相信。」

陌生人淡淡的笑了笑，道：「你錯了，我從來都不是出手最快的人，一直都有人比我快。」

丁靈琳張大了眼睛。

陌生人問道：「你知不知道是誰教路小佳用那柄劍的？」

丁靈琳搖了搖頭。

陌生人道：「這人有個很奇怪的名字，他叫做荆無命。」

丁靈琳笑道：「荆無命？他沒有命？」

陌生人道：「每個人都有一條命，他當然也有，但他卻一直覺得，他的這條命並不是他自己的。」

丁靈琳道：「這名字的確很奇怪，這種想法更加奇怪。」

陌生人嘆道：「他本來就是個非常奇怪的人。」

丁靈琳道：「他的劍也很快？」

陌生人道：「據我所知，當今江湖上已沒有比他更快的劍，而且他左右手同樣快，那種速度絕不是沒有看過他出手的人所能想像的。」

丁靈琳眼前似又出現了一個孤獨冷傲的影子，悠悠道：「我想他一定驕傲得很。」

陌生人道：「不但驕傲，而且冷酷，他可以為了一句話殺別人，也同樣會為了一句話殺死自己。」

丁靈琳道：「我想別人一定都很怕他。」

陌生人點點頭，目中又露出一絲傷感，緩緩道：「但現在他在江湖中，也已是個陌生人了……」

丁靈琳道：「小李飛刀呢？他的出手是不是比荊無命更快？」

陌生人的眼睛忽然也亮了起來，道：「他的出手已不是『快』這個字能形容的。」

丁靈琳眨著眼，道：「我明白了，他出手快不快都一樣，因為他的武功已達到你所說的那種偉大的境界，所以已沒有人能擊敗他。」

陌生人道：「絕沒有人。」

丁靈琳道：「所以上官金虹的武功雖然天下無敵，還是要敗在他手下。」

陌生人微笑道：「你的確很聰明。」

丁靈琳道：「他現在是不是真的還活著？」

陌生人笑道：「我現在是不是還活著？」

丁靈琳道：「你當然還活著。」

陌生人道：「那麼他當然也一定還活著。」

丁靈琳道：「他若死了，你難道也陪他死？」

陌生人道：「我也許不會陪他死，但他死了後，世上絕沒有任何人再看到我。」

他的聲音平靜而自然，竟像是在敘說著一件很平凡的事，但無論誰都能體會到這種友情是多麼偉大。

丁靈琳的眼睛裡閃著亮光，嘆息著道：「我本來也聽說過沒有人能比得上你們的友情，但也直到現在才知道。」

陌生人道：「世上也許只有友情才是最真實，最可貴的，所以無論白天羽是個什麼樣的人，我總認為馬空群用那種手段教訓他，是件非常可恥的事。」

丁靈琳道：「所以你並不反對傅紅雪去殺了他。」

陌生人嘆道：「但是李尋歡卻絕不會這麼樣想的，他從來也記不住別人對他的仇恨，他一向只知道寬恕別人，同情別人。」

丁靈琳心裡彷彿也充滿了那種偉大的感情，隔了很久，才輕輕問道：「你最近有沒有見過他？」

陌生人道：「每年我們至少見面一次。」

丁靈琳道：「你知道他在什麼地方？」

他們根本不必問。

因為像他們這種友情，已無所不至，無論他們到了什麼地方都一樣。

這種感情甚至連丁靈琳都已能了解。

她的目光似也在凝視著遠方，輕輕嘆息著，道：「我真希望有一天能見著他。」

已有雞啼。光明已漸漸降臨大地。

陌生人慢慢的站起來，扶著葉開的肩，微笑著道：「我知道你一直很尊敬他，一直想拿他做榜樣，所以我很高興。」

葉開眼睛裡已有熱淚盈眶，心裡充滿興奮和感激。

陌生人遙望著東方的曙色道：「我要到江南去，在江南，我也許會見到他。」

他望著丁靈琳忽然又笑了笑道：「我一定會告訴他，有個聰明而美麗的女孩子希望能看見他。」

丁靈琳笑了，閃閃發亮的眼睛裡，也充滿了感激和希望。

她忽然道：「江南是不是又有什麼驚天動地的事要發生了，所以你們都要到江南去？」

陌生人道：「也許會有的，只不過我們做的事，並不想要人知道，所以也就不會有什麼人知道。」

他慢慢的走出去，走出了門，站在初臨的曙色中，長長的吸了口氣，忽又回頭笑道：「今天我說的話比哪一天都多，你們可知道為什麼？」

他們當然不知道！

陌生人道：「因為我已老了，老人的話總是比較多些的。」

說完了這句話，他就迎著初升的太陽走了出去；他的腳步還是那麼輕健，那麼穩定。

東方的雲層裡，剛射出第一道陽光，剛巧照在他身上，他整個人都似在發著光。

丁靈琳輕輕嘆了口氣，道：「誰說他老了？他看來簡直比我們還年輕。」

葉開微笑著，道：「他當然不會老，有些人永遠都不會老的……」

有些人的確永遠不會老，因為他們心裡永遠都充滿了對人類的熱愛和希望。

一個人心裡只要還有愛與希望，他就永遠都是年輕的。

初升的太陽也充滿了對人類的熱愛和希望，所以光明必將驅走黑暗。

現在陽光正照射著大地，大地輝煌而燦爛。他們就站在陽光下。

經過了這麼樣的一夜，他們看來竟絲毫也不顯得疲倦。因為他們心裡也充滿了希望。

丁靈琳的臉面也在發著光，嫣然道：「你聽見他剛才說的話沒有？他說我又聰明，又漂亮。」

葉開在微笑。

丁靈琳盯著他，道：「你為什麼從來也沒有說過這種話？」

葉開道：「你一定要我說？」

丁靈琳又笑了，道：「其實你嘴上不說也沒關係，只要你心裡在這麼樣想就好了。」

她拉起了他的手，迎著初升的陽光走過去。

葉開忽然問道：「你三哥是個怎麼樣的人？」

丁靈琳眼珠子轉了轉，笑道：「我三哥跟你一樣，又聰明、又調皮，除了生孩子之外，他好像什麼都會一點，可是他自己說他最拿手的本事，還是勾引女人。」

她忽然板起了臉，大聲道：「這一點你可千萬不能學他。」

葉開笑了笑，道：「這一點我已不必學了。」

丁靈琳瞪了他一眼，忽又笑道：「就算你很會勾引女人又怎麼樣，我天天死盯著你，你就算有天大的本事也使不出來。」

葉開嘆了口氣，道：「丁三公子最風流，這句話我也早就聽說過，我真想見見他。」

丁靈琳嫣然道：「你應該見見他，而且應該拍拍他的馬屁，讓他在我家裡替你說兩句好話。」

葉開道：「除了他之外，你家裡的人都古板？」

丁靈琳點了點頭，嘆息說道：「尤其是我父親，他一年也難得笑一次，我就是因為怕看他的臉，所以才溜出來的。」

葉開道：「我也知道他是個君子。」

丁靈琳笑道：「但我卻可以保證，他卻不是易大經那樣的偽君子。」

葉開道：「他當然不是。」

丁靈琳道：「自從我母親去世後，別的女人他連看都沒有看過一眼，就憑這一點，就絕不是別人能做得到的。」

葉開微笑道：「至少我就絕對做不到。」

丁靈琳又狠狠的瞪了他一眼，道：「所以我絕不能比你先死。」

過了半晌，她忽又問道：「現在你想到哪裡去？又去找傅紅雪？」

葉開沒有回答這句話。

丁靈琳道：「你想他是不是真的能找到馬空群？」

葉開沉思著，緩緩道：「只要你有決心，世上就沒有做不到的事。」

在如此燦爛的陽光下，看來的確沒有什麼事是絕對做不到的。

就在這時，陽光下突然有一騎快馬奔來。

馬是萬中選一的好馬，配著鮮明的鞍轡，這麼樣一匹好馬，牠的主人當然也絕不會差的。

馬上人鮮衣珠冠，神采飛揚，腰畔的玉帶上，掛著綴滿寶石、明珠的長劍，手裡輕揮著絲鞭，正是面如冠玉的英俊少年。

快馬到了葉開他們面前，就突然勒韁打住。

丁靈琳立刻拍手歡呼，道：「三哥，我們正想去找你，想不到你竟先來了。」

丁三少微笑道：「我是特地來看看你這好朋友的，聽說他跟我一樣，也不是個好東西。」

他開始說話的時候，一雙發亮的眼睛已盯在葉開臉上。

丁靈琳眨著眼，道：「你覺得他怎麼樣？」

丁三少笑道：「我並沒有失望。」

葉開也笑了，他也並沒有失望，丁三少的確是位風流倜儻的翩翩濁世佳公子。

他微笑著道：「我也一直想見你，聽說你剛贏來三十幾罈陳年女兒紅。」

丁三少大笑，道：「只可惜你已遲了一步，那些酒早已全都下了肚子！」

葉開道：「還有班清吟小唱呢？」

丁三少道：「那些小姑娘一個個長得都像是無錫泥娃娃一樣，你看見一定也很喜歡，只可惜我也絕不能讓你看見的。」

葉開道：「為什麼？」

丁三少道：「就算你不怕我們這位小妹子吃醋，我們真有點怕她的。」

丁靈琳故意板著臉，道：「虧你還聰明，否則我真說不定會將你那泥娃娃一個個全都打碎。」

丁三少笑道：「你聽見沒有，這丫頭吃起醋來是不是兇得很？」

丁靈琳也忍不住「噗哧」一聲笑了。

丁三少道：「你們要往哪裡去？」

丁靈琳道：「你呢？」

丁三少嘆了口氣，苦笑道：「我不像你們這麼自由自在，若是再不回去，腦袋上只怕就要被打出個大洞來了。」

丁靈琳道：「老頭子還好嗎？」

丁三少答道：「還好，我去年年底還看見他笑過一次。我看你也得小心些，姑媽雖然護著你，但老頭子的脾氣若是真發起來，你也一樣難免要遭殃的。」

丁靈琳抿了抿嘴，道：「我才不怕，最多我一輩子不回去。」

丁三少笑道：「這倒是個好主意，我也不反對，只不過覺得對他有點抱歉而已。」

葉開道：「對我？」

丁三少點頭，道：「這又兇又會吃醋的醜丫頭若是真的拿定主意要死盯著你一輩子，你做人還有什麼樂趣？」

他不讓丁靈琳開口，已大笑著揚鞭而去，遠遠的還在笑著道：「等你什麼時候能一個人溜開的時候，不妨去找我，除了那些泥娃娃外，瓷娃娃和糖娃娃我也有不少……」

笑聲忽然已隨著蹄聲遠去。

丁靈琳跺著腳，恨恨道：「這個三少，真不是個好東西。」

葉開道：「可是他說的話倒很有道理。」

丁靈琳道：「他說的什麼話？」

葉開笑道：「你剛才難道沒有聽他說，有人是個又兇又醜的醋罈子。」

丁靈琳想板起臉，卻也忍不住笑了。

他們在鋪滿金黃色陽光的道路上慢慢的走著，兩個人心裡彷彿忽然都有了心事。

葉開忽然道：「你在想什麼？」

丁靈琳道：「沒有。」

葉開道：「女孩子說沒有想什麼的時候，心裡一定有心事。」

丁靈琳忍不住輕輕嘆了口氣。

葉開看著她，道：「你在想家？」

丁靈琳眼睛裡果然帶著些思念，也帶著些憂慮。

葉開也嘆了口氣，道：「你當然不會真的一輩子不回去。」

丁靈琳嘆道：「老實說，我別的都不擔心，只擔心我那個古板的爹爹。」

葉開道：「你怕他不要我這個女婿？」

丁靈琳說道：「你假如能夠變得稍為規矩一點就好了。」

葉開笑了笑，道：「說不定他就喜歡我這樣子的人呢。」

丁靈琳搖了搖頭。

葉開道：「你認為不可能？」

丁靈琳道：「嗯。」

葉開道：「你三哥豈非就是我這樣子的人，他豈非最喜歡你三哥。」

丁靈琳道：「你怎麼知道的？」

葉開道：「因為他管你三哥管得最嚴，何況，老年人總是喜歡小兒子的。」

丁靈琳道：「那倒是真的，我們這些兄弟姐妹中他管得最兇的，就是我三哥，但心裡最喜歡的，也是我三哥。」

葉開笑道：「所以你這醋罈子又在吃醋了。」

丁靈琳咬著嘴唇，道：「我才不要他喜歡我，只要別老是找我的麻煩就好了。」

葉開道：「他總是找你的麻煩，也許就因為他也很喜歡你。」

丁靈琳不說話了，但眼睛裡卻已變得有點濕濕的，好像要哭出來的樣子。

葉開卻彷彿在沉思著，並沒有注意她臉上的表情，過了很久，忽又問道：「你爹爹有沒有特別要好的朋友？可以在他面前替我說好話的？」

丁靈琳搖搖頭，道：「他平時根本很少和別人來往，就算有兩個，也都是些跟他一樣古板的老冬烘，老學究。」

葉開目光閃動，接道：「聽說他以前跟薛斌的交情不錯。」

丁靈琳又搖搖頭，道：「他也許連薛斌這名字都沒有聽說過。」

葉開的表情很奇怪，好像很欣慰，但又好像有點失望。

又過了很久，他才問道：「易大經呢？也不是他的好朋友？」

丁靈琳道：「易大經一定是我三哥最近才認得的，連我都沒有聽說他有這麼樣個朋友。」

葉開問道：「你爹爹難道從來也不跟江湖中的人來往？」

丁靈琳道：「他常說江湖中只有兩個人夠資格跟他交朋友。」

葉開道：「哪兩個？」

丁靈琳道：「其中當然有一個是小李探花，連我爹爹都一向認為他是近三百年以來，江湖中最了不起的人物，而且認為他做的事，都是別人絕對做不到的。」

葉開笑了，道：「看來他眼光至少還不錯。」

丁靈琳忽然也笑了笑，道：「還有一個你試猜猜是誰？」

葉開道：「阿飛？」

丁靈琳搖頭道：「他總認為阿飛是個永遠也做不出大事來的人，因為這個人太驕傲，也太孤獨。」

葉開沒有辯駁。

因為連他都不能不承認，丁老頭子對阿飛的看法也有他的道理。

「但他若連阿飛都看不上眼，江湖中還有什麼能讓他看得起的人呢？」

丁靈琳道：「白天羽。」

葉開覺得很驚訝，忙問道：「白天羽？你爹爹認得他？」

丁靈琳接著道：「不認得，但他卻一直認為白天羽也是個很了不起的人物，一直都想去跟他見見面，只可惜……」

她嘆息了一聲，沒有再說下去。

白天羽的確死得太早了，不管他是個怎麼樣的人物，江湖中都一定會有很多人覺得這是件非常遺憾的事。

丁靈琳道：「除了這兩個人外，別的人在他眼中看來，不是蠢才，就是混蛋。」

葉開苦笑道：「只可惜這兩個都是絕不會去替我說好話的了。」

丁靈琳眨著眼，道：「現在能夠在他面前說話的，也許只有一個人，只有這個人說的話，他也許還會聽幾句。」

葉開道：「誰？」

丁靈琳道：「我姑媽。」

葉開道：「也就是他的妹妹？」

丁靈琳道：「他只有這一個親妹妹，兩人從小的感情就很好。」

葉開道：「你姑媽現在還沒有出嫁？」

丁靈琳笑道：「她比我爹爹的眼界還要高，天下的男人，她簡直連一個看得順眼的都沒有。」

葉開淡淡的道：「那也許只因為別人看她也不太順眼。」

丁靈琳道：「你錯了，直到現在為止，她還可以算是個美人，她年輕的時候，有些男人甚至不惜從千里之外趕來，只為了看她一眼。」

葉開道：「但她卻偏偏連一眼都不肯讓他們看。」

丁靈琳道：「一點也不錯，她常說男人都是豬，又髒又臭，好像被男人看了一眼，都會把她看髒了似的，所以……」

她用眼角瞧著葉開，咬著嘴唇，道：「她常常勸我這一輩子永遠不要嫁人，無論看到什麼樣的男人，最好都一腳踢出去。」

葉開淡淡道：「她不怕踢髒了你的腳？」

丁靈琳嫣然道：「只可惜我偏偏沒出息，非但捨不得踢你，就算你要踢我，也踢不走的。」

葉開也忍不住笑了。

丁靈琳卻又輕輕嘆了口氣，道：「所以我看她會替你說好話的機會也不大。」

葉開嘆道：「看來你們這一家人，簡直沒有一個不奇怪的。」

丁靈琳苦笑道：「那倒也一點都不假。」

葉開道：「武林三大世家中，最奇怪的恐怕就是你們這一家人了。」

丁靈琳說道：「南宮世家的幾個兄弟，常常說我們這家人就好像是一窩刺蝟，沒有一個身上不是長滿了刺的。」

她吃吃的笑著，接著道：「幸好這些話我爹爹沒聽見，否則南宮世家的那幾個臭小子不倒楣才怪。」

葉開道：「你爹爹的武功是不是真的很高？」

丁靈琳道：「這我自己都不知道，我只知道我們這些兄弟姐妹的武功，都是跟他學的，卻沒有一個人能將他的武功學全。」

她眼睛裡已不禁露出得意驕傲之色，又道：「我三個哥哥都已可算是武林中的一流好手，但他們的武功卻還是連我爹爹的一半都比不上。」

葉開道：「但你爹爹卻好像從來也沒有跟別人交過手？」

丁靈琳悠然道：「那只因從來也沒人敢去找他的麻煩。」

葉開道：「他也從來不去找別人的麻煩？」

丁靈琳道：「江湖中這些亂七八糟的事，他根本連聽都懶得聽。」

葉開目光凝視著遠方，似已聽得悠然神往，過了很久，才慢慢的説道：「不管怎麼樣，我一定要陪你回去看看他。」

丁靈琳睜大了眼睛，道：「你敢？」

葉開笑道：「有什麼好怕的，最多也只不過腦袋上被他打出個大洞來。」

丁靈琳跳起來，道：「好，我們現在就去。」

葉開道：「現在恐怕還不行。」

丁靈琳道：「現在你還要去找傅紅雪？」

葉開嘆了口氣，道：「他的仇人愈來愈多，朋友卻愈來愈少了。」

丁靈琳噘起了嘴，道：「你知道到哪裡去找他？」

葉開的表情忽然又變得很奇怪，緩緩道：「這裡距離梅花庵已不太遠。」

丁靈琳聳然動容，道：「就是那個梅花庵？」

葉開慢慢的點了點頭，道：「我想傅紅雪一定會到那裡去看看的。」

丁靈琳臉上也露了很奇怪的表情，嘆息著道：「莫説是傅紅雪，就連我也一樣想到那裡去看看的。」

桃花娘子

梅花庵外那一戰，非但悲壯慘烈，震動了天下，而且武林中的歷史，幾乎也因那一戰而完全改變。

那地方的血是不是已乾透？

那些英雄們的骸骨，是不是還有些仍留在梅花庵外的衰草夕陽間？

現在那已不僅是個踏雪賞梅的名勝而已，那已是個足以令人憑弔的古戰場。

梅花雖然還沒有開，樹卻一定還在那裡。

樹上是不是還留著那些英雄們的血？

但梅花庵外現在卻已連樹都看不見了。

草色又枯黃，夕陽悽悽惻惻的照在油漆久已剝落的大門上。

夕陽下，依稀還可以分辨出「梅花庵」三個字。

但是庵內庵外的梅花呢？

難道那些倔強的梅樹，在經歷了那一場慘絕人寰的血戰後，終於發現了人類的殘酷，也已覺得人間無可留戀，寧願被砍去當柴燒，寧願在火燄中化為灰燼？

沒有梅，當然也沒有雪，現在還是秋天。

傅紅雪佇立在晚秋悽惻的夕陽下，看著這滿眼的荒涼，看著這劫後的梅花庵，心裡又是什麼滋味？

無論如何，這名庵猶在，但當年的英雄們，卻已和梅花一樣，全都化作了塵土。

他手裡緊緊握著他的刀，慢慢的走上了鋪滿蒼苔的石階。

輕輕一推，殘敗的大門就「呀」的一聲開了，那聲音就像是人們的嘆息。

院子裡的落葉很厚，厚得連秋風都吹不起。

一陣陣低沉的誦經聲，隨著秋風，穿過了這荒涼的院落。

大殿裡一片陰森黝黑，看不見香火，也看不見誦經的人。

夕陽更淡了。

傅紅雪俯下身，拾起了一片落葉，癡癡的看著，癡癡的想著。

也不知過了多久，他彷彿聽見有人在低誦著佛號。

然後他就聽見有人對他說：「施主是不是來佛前上香的？」

一個青衣白襪的老尼，雙手合什，正站在大殿前的石階上看著他。

她的人也乾癟得像是這落葉一樣，蒼老枯黃的臉上，刻滿了寂寞悲苦的痕跡，人類所有的歡樂，全已距離她太遠，也太久了。

可是她的眼睛裡，卻還帶著一絲希冀之色，彷彿希望這難得出現的香客，能在她們信奉的神佛前略表一點心意。

傅紅雪不忍拒絕，也不想拒絕。

他走了過去。

「貧尼了因，施主高姓？」

「我姓傅。」

他要了一束香，點燃，插在早已長滿了銅綠的香爐裡。

低垂的神幔後，那尊垂眉斂目的佛像，看來也充滿了愁苦之意。

祂是為了這裡香火的冷落而悲悼？還是為了人類的殘酷愚昧？

傅紅雪忍不住輕輕嘆息。

那老尼了因正用一雙同樣愁苦的眼睛在看著他，又露出那種希冀的表情：「施主用過素齋再走？」

「不必了。」

「喝一盅苦茶？」

傅紅雪點點頭，他既不忍拒絕，也還有些話想要問問她。

一個比較年輕些的女尼，手托著白木茶盤，垂著頭走了進來。

傅紅雪端起了茶，在茶盤上留下了一錠碎銀。

他所能奉獻的，已只有這麼多了。

這已足夠令這飽歷貧苦的老尼滿意，她合什稱謝，又輕輕嘆息：「這裡已有很久都沒有人來了。」

傅紅雪沉吟著，終於問道：「你在這裡已多久？」

老尼了因道：「究竟已有多少年，老尼已不復記憶，只記得初來的那年，這裡的佛像剛開光點睛。」

傅紅雪道：「那至少已二十年？」

了因眼睛裡掠過一絲悲傷之色，道：「二十年？只怕已有三個二十年了。」

傅紅雪目中也露出一絲希冀之色，道：「你還記不記得二十年前，在這裡發生過的那件事？」

了因道：「不是二十年前，是十九年前。」

傅紅雪長長吐出口氣，道：「你知道？」

了因點了點頭，悽然道：「那種事只怕是誰都忘不了的。」

傅紅雪道：「你……你認得那位白施主？」

老尼了因垂首說道：「那也是位令人很難忘記的人，老尼一直在祈求上蒼，盼望他的在天之靈能夠得到安息。」

傅紅雪也垂下了頭，只恨自己剛才為什麼不將身上所有的銀子都拿出來。

了因又嘆道：「老尼寧願身化劫灰，也不願那件禍事發生在這裡。」

傅紅雪道：「你親眼看見那件事發生的？」

了因道：「老尼不敢看，也不忍看，可是當時從外面傳來的那種聲音……」

她枯黃乾癟的臉上，忽然露出種說不出的恐懼之色，過了很久，才長嘆道：「直到現在，老尼對紅塵間事雖已全都看破，但只要想起那種聲音，還是食難下咽，寢難安枕。」

傅紅雪也沉默了很久，才問道：「第二天早上，有沒有受傷的人入庵來過？」

了因道：「沒有，自從那天晚上之後，這梅花庵的門至少有半個月未曾打開過。」

傅紅雪道：「以後呢？」

了因道：「開始的那幾年，還有些武林豪傑，到這裡來追思憑弔，但後來也漸漸少了，別的人聽說那件兇殺後，更久已絕足。」

她嘆息著，又道：「施主想必也看得出這裡情況，若不是我佛慈悲，還賜給了兩畝薄田，老尼師徒三人只怕早已活活餓死。」

傅紅雪已不能再問下去，也不忍再問下去。

他慢慢的將手裡的這碗茶放在桌子上，正準備走出去。

了因看著這碗茶，忽然道：「施主不想喝這一碗苦茶？」

傅紅雪搖搖頭。

了因卻又追問道：「為什麼？」

傅紅雪道：「我從不喝陌生人的茶水。」

了因說道：「但老尼只不過是個出家人，施主難道也……」

傅紅雪道：「出家人也是人。」

了因又長長嘆息了一聲，道：「看來施主也未免太小心了。」

傅紅雪道：「因為我還想活著。」

了因臉上忽然露出種冷淡而詭秘的微笑，這種笑容本不該出現這臉上的。

她冷冷的笑著道：「只可惜無論多小心的人，遲早也有要死的時候。」

這句話還沒有說完，她衰老乾癟的身子突然豹子般躍起，凌空一翻。

只聽「哧」的一聲，她寬大的袍袖中，就有一蓬銀光暴雨般射了出來。

這變化實在太意外，她的出手也實在太快。

尤其她發出的暗器，多而急，急而密，這十九年，她好像隨時隨刻都已準備著這致命的一擊！

就在這同一剎那間，大殿的左右兩側，忽然同時出現了兩個青衣勁裝的女尼，其中有一個正是剛才奉茶來的。

但現在她裝束神態都已改變，一張淡黃色的臉上，充滿了殺氣。

兩個人手裡都提著柄青光閃閃的長劍，已作出搏擊的姿勢，全身都已提起了勁力。

無論傅紅雪往哪邊閃避，這兩柄劍顯然都要立刻刺過來的。

何況這種暗器根本就很難閃避得開。

傅紅雪的臉是蒼白的。

那柄漆黑的刀，還在他手裡。

他沒有閃避，反而迎著這一片暗器衝了過去，也就在這同一剎那間，他的刀已出鞘。

誰也不相信有人能在這一瞬間拔出刀來。

刀光一閃。

所有的暗器突然被捲入了刀光中，他的人卻已衝到那老尼了因身側。

了因的身子剛凌空翻了過來，寬大的袍袖和衣袂猶在空中飛舞。

她突然覺得膝蓋上一陣劇痛，漆黑的刀鞘，已重重的敲在她的膝蓋上。

她的人立刻跌下。

那兩個青衣女尼清叱一聲，兩柄劍已如驚虹交剪般刺來。

她們的劍法，彷彿和武當的「兩儀劍法」很接近，劍勢輕靈迅速，配合也非常好。

兩柄劍刺的部位，全都是傅紅雪的要穴，認穴也極準。

她們的這一出手，顯然也準備一擊致命的。

這些身在空門的出家人，究竟和傅紅雪有什麼深仇大恨？

傅紅雪沒有用他的刀。

他用的是刀鞘和刀柄。

刀鞘漆黑，刀柄漆黑。

刀鞘和刀柄同時迎上了這兩柄劍，竟恰巧撞在劍尖上。

「格」的一聲，兩柄百練精鋼的長劍，竟同時折斷了。

剩下的半柄劍也再已把持不住，脫手飛出，「奪」的，釘在樑木上。

年輕的女尼虎口已崩裂，突然躍起，正想退，但漆黑的刀鞘與刀柄，已又同時打在她們身上。

她們也倒了下去。

刀已入鞘。

傅紅雪靜靜的站在那裡，看著正趺坐在地上抱著膝蓋的老尼了因。

夕陽更黯淡。

大殿裡已只能依稀分辨出她臉上的輪廓，已看不出她臉上的表情。

可是她眼睛裡那種仇恨、怨毒之色，還是無論誰都能看得出的。

她並沒有在看著傅紅雪。

她正在看著的，是那柄漆黑的刀。

傅紅雪道：「你認得這柄刀？」

了因咬著牙，嗄聲道：「這不是人的刀，這是柄魔刀，只有地獄中的惡鬼才能用它。」

她的聲音低沉嘶啞，突然也變得像是來自地獄中的魔咒。

「我等了十九年，我就知道一定還會再看見這柄刀的，現在我果然看到了。」

傅紅雪道：「看到了又如何？」

了因道：「我已在神前立下惡誓，只要再看見這柄刀，無論它在誰手裡，我都要殺了這個人。」

傅紅雪道：「為什麼？」

了因道：「因為就是這柄刀，毀了我的一生。」

傅紅雪道：「你本不是梅花庵的人？」

了因道：「當然不是。」

她眼睛裡忽然發出了光，道：「你這種毛頭小伙子當然不會知道老娘是誰，但二十年前，提起桃花娘子來，江湖中有誰不知道？」

她說的話也忽然變得十分粗俗，絕不是剛才那個慈祥愁苦的老尼能說出口來的。

傅紅雪讓她說下去。

了因道：「但我卻被他毀了，我甩開了所有的男人，一心想跟著他，誰知他只陪了我三天，就狠狠的甩掉了我，讓我受盡別人的恥笑。」

「你既然能甩下別人，他為什麼不能甩下你？」

這句話傅紅雪並沒有說出來。

他已能想像到以前那「桃花娘子」是個怎麼樣的女人。

對這件事，他並沒有為他的亡父覺得悔恨。

若換了是他，他也會這樣做的。

他心裡反而覺得有種說不出的坦然，因為他已發覺他父親做的事，無論是對是錯，至少都是男子漢大丈夫的行徑。

了因又說了些什麼話，他已不願再聽。

他只想問她一件事！

「十九年前那個大雪之夜，你是在梅花庵外？還是在梅花庵裡？」

了因冷笑道：「我當然是在外面，我早已發誓要殺了他。」

傅紅雪道：「那天你在外面等他時，有沒有聽見一個人說：人都到齊了。」

了因想了想，道：「不錯，好像是有個人說過這麼樣一句話。」

傅紅雪道：「你知不知道這個人是誰？有沒有聽出他的口音？」

了因恨恨道：「我管他是誰？那時我心裡只想著一件事，就是等那沒良心的負心漢出來，讓他死在我的手裡，再將他的骨頭燒成灰，和著酒吞下去。」

她忽然撕開衣襟，露出她枯萎乾癟的胸膛，一條刀疤從肩上直劃下來。

傅紅雪立刻轉過頭，他並不覺得同情，只覺得很噁心。

了因卻大聲道：「你看見了這刀疤沒有，這就是他唯一留下來給我的，這一刀他本來可以殺了我，但他卻忽然認出了我是誰，所以才故意讓我活著受苦。」

她咬著牙，眼睛裡已流下了淚，接著道：「他以為我會感激他，但我卻更恨他，恨他為什麼不索性一刀殺了我！」

傅紅雪忍不住冷笑，他發現這世上不知道感激的人實在太多。

了因道：「你知不知道這十九年我過的是什麼日子，受的是什麼罪，我今年才三十九，可是你看看我現在已變成了什麼樣子？」

她忽然伏倒在地上，失聲痛哭起來。

女人最大的悲哀，也許就是容貌的蒼老，青春的流逝。

傅紅雪聽著她的哭聲，心裡才忽然覺得有些同情。

她的確已不像是個三十九歲的女人，她受過的折磨與苦難的確已夠多。

無論她以前做過什麼，她都已付出了極痛苦、極可怕的代價。

「這也是個不值得殺的人。」

傅紅雪轉身走了出去。

了因突又大聲道：「你！你回來。」

傅紅雪沒有回頭。

了因嘶聲道：「你既已來了，為什麼不用這柄刀殺了我，你若不敢殺我，你就是個畜牲。」

傅紅雪頭也不回的走出了門，留下了身後一片痛哭謾罵聲。

「你既已了因，為何不能了果？因果循環，報應不爽，一個不知道珍惜自己的女人，豈非本就該得到這種下場！」

傅紅雪心裡忽又覺得一陣刺痛，他又想起了翠濃。

秋風，秋風滿院。

傅紅雪踏著厚厚的落葉，穿過這滿院秋風，走下石階。

梅花庵的夕陽已沉落。

沒有梅，沒有雪，有的只是人們心裡那些永遠不能忘懷的慘痛回憶。

只有回憶才是永遠存在的，無論這地方怎麼變都一樣。

夜色漸臨，秋風中的哀哭聲已遠了。

他知道自己已永遠不會再到這地方來——這種地方還有誰會來呢？

至少還有一個人。

葉開！

「你若不知道珍惜別人的情感，別人又怎麼會珍惜你呢？」

「你若不尊敬自己，別人又怎麼會尊敬你？」

葉開來的時候，夜色正深沉，傅紅雪早已走了。

他也沒有看見了因。

了因的棺木已蓋起，棺木是早已準備好了的，不是埋葬傅紅雪，就是埋葬她自己。

她守候在梅花庵，為的就是要等白天羽這個唯一的後代來尋仇。

她心裡的仇恨，遠比要來復仇的人更深。

她既不能了結，也未能了因——她從來也沒有想過她自己這悲痛的一生是誰造成的。

這種愚昧的仇恨，支持她活到現在。

現在她已活不下去。

她是死在自己手裡的，正如造成她這一生悲痛命運的，也是她自己。

「你若總是想去傷害別人，自然也遲早有人會來傷害你。」

兩個青衣女尼，在她棺木前輕輕的啜泣，她們也只不過是在為了自己的命運而悲傷，也很想結束自己這不幸的一生，卻又沒有勇氣。

死，並不是件很容易的事。

葉開走的時候，夜色仍同樣深沉。

這地方已不值得任何人停留。

丁靈琳依偎著他，天上的秋星已疏落，人也累了。

葉開忍不住輕撫著她的柔肩，道：「其實你用不著這樣跟著我東奔西走的。」

丁靈琳仰起臉，用一雙比秋星還明亮的眼睛看著他，柔聲道：「我喜歡這樣子，只要你有時能對我好一點，我什麼事都不在乎。」

葉開輕輕嘆了一聲。

他知道情感就是這樣慢慢滋長的，他並不願有這種情感，他一直都在控制著自己。

但他畢竟不是神。

何況人類的情感，本就是連神都無法控制得了的。

丁靈琳忽又嘆息了一聲，道：「我真不懂，傅紅雪為什麼連那可憐的老尼姑都不肯放過。」

葉開道：「你以為是傅紅雪殺了她的？」

丁靈琳道：「我只知道她現在已死了。」

葉開道：「這世上每天都有很多人死的。」

丁靈琳道：「但她是在傅紅雪來過之後死的，你不覺得她死得太巧？」

葉開道：「不覺得。」

丁靈琳皺眉道：「你忽然生氣了？」

葉開不響。

丁靈琳道：「你在生誰的氣？」

葉開道：「我自己。」

丁靈琳道：「你在生自己的氣？」

葉開道：「我能不能生自己的氣？」

丁靈琳道：「可是你為什麼要生氣呢？」

葉開沉默著，過了很久，才長長嘆息，道：「我本來早就該看出了因是什麼人的。」

丁靈琳道：「了因？」

葉開道：「就是剛死了的老尼姑。」

丁靈琳道：「你以前見過她？——你以前已經到梅花庵來過？」

葉開點點頭。

丁靈琳道：「她是什麼人？」

葉開道：「她至少並不是個可憐的老尼姑。」

丁靈琳道：「那麼她是誰呢？」

葉開沉吟著道：「十九年前的那一場血戰之後，江湖中有很多人都突然失了蹤，失蹤的人遠比死在梅花庵外的人多。」

丁靈琳在聽著。

葉開道：「當時武林中有一個非常出名的女人，叫做桃花娘子，她雖然有桃花般的美麗，但心腸卻比蛇蠍還惡毒，為她神魂顛倒，死在她手上的男人也不知有多少。」

丁靈琳道：「在那一戰之後，她也忽然失了蹤？」

葉開道：「不錯。」

丁靈琳道：「你莫非認為梅花庵裡的那老尼姑就是她？」

葉開道：「一定是她。」

丁靈琳道：「但她也可能恰巧就是在那時候死了的。」

葉開道：「不可能。」

丁靈琳道：「為什麼？」

葉開道：「因為除了白天羽外，能殺死她的人並沒有幾個。」

丁靈琳道：「也許就是白天羽殺了她的。」

葉開搖搖頭道：「白天羽絕不會殺一個跟他有過一段情緣的女人。」

丁靈琳道：「但這也並不能夠說明她就是那個老尼姑。」

葉開道：「我現在已經能證明。」

他攤開手，手上有一件發亮的暗器，看來就像是桃花的花瓣。

丁靈琳道：「這是什麼？」

葉開道：「是她的獨門暗器，江湖中從沒有第二個人使用這種暗器。」

丁靈琳道：「你在哪裡找到的？」

葉開道：「就在梅花庵裡的大殿上。」

丁靈琳道：「剛才找到的？」

葉開點點頭，道：「她顯然要用這種暗器來暗算傅紅雪的，卻被傅紅雪擊落了，所以這暗器上還有裂口。」

丁靈琳沉吟著，道：「就算那個老尼姑就是桃花娘子又如何？現在她反正已經死了，永遠再也沒法子害人了。」

葉開道：「但我早就該猜出她是誰的。」

丁靈琳道：「你早就猜出她是誰又能怎樣？遲一點，早一點，又有什麼分別。」

葉開道：「最大的分別就是，現在我已沒法子再問她任何事了。」

丁靈琳道：「你本來有事要問她？」

葉開點點頭。

丁靈琳道：「那件事很重要？」

葉開並沒有回答這句話，臉上忽然露出種很奇特的悲傷之色，過了很久，才緩緩道：「那一戰雖然從這裡開始，卻不是在這裡結束的。」

丁靈琳道：「哦？」

葉開道：「他們在梅花庵外開始突擊，一直血戰到兩三里之外，白天羽才力竭而死，這一路上，到處都有死人的血肉和屍骨。」

丁靈琳不由自主打了個冷戰，緊緊的握住了葉開的手。

葉開道：「在那一戰中，屍身能完整保存的人並不多，尤其是白家的人……」

他聲音彷彿突然變得有些嘶啞，又過了很久，才接著道：「血戰結束後，所有刺客的屍體就立刻全都被搬走，因為馬空群不願讓人知道這些刺客們是誰，也不願有人向他們的後代報復。」

丁靈琳説道：「看來他並不像是會關心別人後代的人。」

葉開道：「他關心的並不是別人，而是他自己！」

丁靈琳眨著眼，她沒有聽懂。

葉開道：「白天羽死了後，馬空群為了避免別人的懷疑，自然還得裝出很悲憤的樣子，甚至還當眾立誓，一定要為白天羽復仇。」

丁靈琳終於明白了，道：「那些人本是他約來的，他又怎樣去向他們的後代報復？」

葉開道：「所以他只有先將他們的屍身移走，既然再也沒有人知道這些刺客是誰，就算有人想報復，也無從著手。」

丁靈琳道：「所以他自己也就省了不少麻煩。」

她輕輕嘆了口氣，接著道：「看來他的確是條老狐狸。」

葉開道：「所以第二天早上，雪地上剩下的屍骨，已全都是白家人的。」

丁靈琳道：「為他們收屍的還是馬空群？」

葉開點點頭道：「可是他們的屍骨已殘缺，有的甚至連面目都已難辨認……」

他的聲音更嘶啞，慢慢的接著道：「最可憐的還是白天羽，他……他非但四肢都已被人砍斷，甚至連他的頭顱，都已找不到了。」

丁靈琳看著他臉上的表情，突然覺得全身冰冷，連掌心都沁出了冷汗。

又過了很久，葉開才黯然嘆息著，道：「有人猜測他的頭顱是被野獸啣走了的，但那天晚上，血戰之後，這地方周圍三里之內，都有人在搬運那些刺客的屍體，附近縱然有野獸，也早就被嚇得遠遠的避開了。」

丁靈琳接著道：「所以你認為他的頭顱是被人偷走的？」

葉開握緊雙拳，道：「一定是。」

丁靈琳道：「你……你難道認為是被桃花娘子偷走的？」

葉開道：「只有她的可能最大。」

丁靈琳道：「為什麼？」

葉開道：「因為她是個女人——刺客中縱然還有別的女人，但活著的卻只有她一個。」

丁靈琳忍不住冷笑道：「難道只有女人才會做這種事？」

葉開道：「一個人死之後，他生前的恩怨也就一筆勾銷，何況那些刺客本是他生前的朋友。」

丁靈琳説道：「但桃花娘子豈非也跟他有過一段情緣？」

葉開道：「就因為如此，所以她才恨他，恨到了極處，才做得出這種瘋狂的事。」

丁靈琳不説話了。

葉開道：「何況別人只不過是想要白天羽死而已，但她本來卻是要白天羽一直陪著她的，白天羽活著時，她既然已永遠無法得到他，就只有等他死了後，用這種瘋狂的手段來佔有他了。」

丁靈琳咬著嘴唇，心裡忽然也體會到女人心理的可怕。

因為她忽然想到，葉開若是甩掉了她，她是不是也會做這種事呢？

這連她自己都不能確定。

她身子忽然開始不停的發抖。

秋夜的風中寒意雖已很重，但她身上的冷汗，卻已濕透衣裳。

夜更深，星更稀。

葉開已感覺出丁靈琳手心的汗，他知道她從來也沒有吃過這麼樣的苦。

「你應該找個地方去睡了。」

丁靈琳道：「我睡不著，就算我現在已躺在最軟的床上，還是睡不著。」

葉開道：「為什麼？」

丁靈琳道：「因為我心裡有很多事都要想。」

葉開道：「你在想些什麼？」

丁靈琳道：「想你，只想你一個人的事，已經夠我想三天三夜了。」

葉開道：「我就在你身旁，還有什麼好想的？」

丁靈琳道：「但你的事我還是沒法子不想，而且愈想愈奇怪。」

葉開道：「奇怪？」

丁靈琳道：「這件事你好像知道得比誰都多，甚至比傅紅雪都多，我想不通是為了什麼？」

葉開笑了笑，道：「其實這事都是我零零碎碎搜集到，再一點點拼湊起來的。」

丁靈琳道：「這件事本來和你一點關係也沒有，你為什麼要如此關心？」

葉開道：「因為我天生是個很好奇的人，而且特別喜歡管閒事。」

丁靈琳道：「世上的閒事有很多，你為什麼偏偏只管這一件事？」

葉開道：「因為我覺得這件事特別複雜，愈複雜的事就愈有趣。」

丁靈琳輕輕嘆息了一聲，道：「無論你怎麼說，我還是覺得奇怪。」

葉開苦笑道：「你一定要覺得奇怪，我又有什麼法子。」

丁靈琳道：「只有一個法子。」

葉開道：「你說。」

丁靈琳道：「只要你跟我說實話。」

葉開道：「好，我說實話，我若說我也是傅紅雪的兄弟，所以才會對這件事如此關心，你信不信？」

丁靈琳道：「不信，傅紅雪根本沒有兄弟。」

葉開道：「你究竟想要聽我說什麼呢？」

丁靈琳又長長嘆了口氣，道：「這連我自己也不知道。」

葉開笑了，道：「所以我勸你不要胡思亂想，因為這件事才真的跟你連一點關係都沒有，你若一定要想，就是自己在找自己的麻煩。」

丁靈琳忍不住嫣然一笑，道：「這也許只因我跟你一樣，什麼人的麻煩都不想找，偏偏就喜歡找自己的麻煩。」

過了半晌，她忽又嘆道：「現在我心裡又在想另外一件事。」

葉開道：「什麼事？」

丁靈琳道：「白大俠的頭顱若真是被桃花娘子偷去的，那只因她得不到他活著時的人，只好要死的人陪著她。」

葉開道：「你說的方法並不好，但意思卻是差不多的。」

丁靈琳道：「所以她自己死了之後，就一定更不會離開他了。」

葉開道：「你的意思是說……」

丁靈琳道：「我的意思是說，白大俠的頭顱若真是被那桃花娘子偷去的，現在就一定也放在她的棺材裡。」

葉開怔住。

他的確沒有想到這一點，但卻不能否認丁靈琳的想法很合理。

丁靈琳道：「你想不想要我再陪你回去看看？」

葉開沉默了許久，終於長長嘆息了一聲，道：「不必了！」

丁靈琳道：「你剛才一心還在想找到白大俠的頭顱，現在為什麼又說不必了？」

葉開的神色很黯淡，緩緩道：「我想找到他的頭顱，也只不過想將他好好的安葬而已。」

丁靈琳道：「可是……」

葉開打斷了她的話，道：「現在他的頭顱若真是在那口棺材裡，想必就一定會有人將他好好安葬的，我又何必再去打擾他死去的英靈，又何必再去讓桃花娘子死不瞑目。」

他嘆息著，黯然道：「無論她以前怎麼樣，但她的確也是個很可憐的女人，我又何必再去剝奪她這最後的一點點安慰。」

丁靈琳道：「現在你怎麼又忽然替她設想起來了？」

葉開道：「因為有個人曾經對我說，要我無論在做什麼事之前，都先去替別人想一想。」

他目中又露出那種尊敬之色，接著道：「這句話我始終都沒有忘記，以後也絕不會忘記。」

丁靈琳看著他，看了很久，才輕嘆著道：「你真是個奇怪的人，簡直比傅紅雪還奇怪得多。」

葉開「哦」了一聲，道：「是嗎？」

丁靈琳道：「傅紅雪並不奇怪，因為他做的事，本就是他決心要去做的，而你做的事，卻連你自己都不知道是不是應該這麼樣去做。」

丁氏雙雄

夜涼如水。

葉開抱著膝坐在冰冷的石階上，看著梧桐樹上的明月，心也彷彿是涼的。

月已將圓，人卻已將分散了。

人與人之間，為什麼總是要互相傷害的多，總是難免要別離的多？

既然要別離，又何必相聚？

他忽然又想起了蕭別離，想起了在那邊城中經歷過的事，想起了梅花庵中那寂寞孤獨的老尼，又想起了那山坡上的墳墓……

現在，所有的事他幾乎都已想通了，只有一件事不明白，也只有一件事還不能解決。

也許這件事本就是無法解決的，因為他無論怎麼樣做，都難免要傷害別人，也難免要傷害自己。

別離雖痛苦，相聚又何嘗不苦惱？涼風吹過，他聽見了身後的腳步聲，也聽見那清悅的鈴聲。

他忽然回過頭，道：「你來得正好，我正想去找你呢。」

丁靈琳抿嘴笑了，道：「你為什麼不去？」

葉開道：「因為我剛才還沒有決定，是不是該將這件事告訴你。」

丁靈琳道：「什麼事？」

葉開道：「這件事我本不願告訴你的，但又不想欺騙你，你總算一直對我不錯。」

他的表情很嚴肅，聲音也很冷淡。

這不像是平時的葉開。

丁靈琳已笑不出了，彷佛已感覺到他說的絕不是件好事。

她勉強笑著，道：「不管你要說什麼事，我都不想聽了。」

葉開道：「可是你非聽不可，因為我不等天亮就要走的。」

丁靈琳失聲道：「你要走？剛才為何不告訴我？」

葉開道：「因為這次你不能跟我走。」

丁靈琳道：「你……你一個人要到哪裡去？」

葉開道：「我也不是一個人走。」

丁靈琳叫了起來，道：「你難道要帶沈三娘一起去麼？」

葉開道：「不錯。」

丁靈琳道：「為什麼？」

葉開道：「因為我喜歡她，我一直都喜歡她，你只不過是個孩子，但她卻是我心目中最可愛的女人，為了她，我可以放棄一切。」

丁靈琳吃驚的看著他，就像是從來也沒有看見過這個人一樣，顫聲道：「她……她難道也肯跟著你走？」

葉開笑了笑，淡淡道：「她當然肯，你也說過我是個很可愛的男人。」

丁靈琳臉色蒼白，眼圈卻已紅了，就彷彿突然被人狠狠的摑了一巴掌，摑在臉上。

她一步步往後退，淚珠一滴滴落下，突然轉過身，衝出去，用力撞開了沈三娘的房門。

葉開並沒有阻攔，因為他知道沈三娘也會跟她說同樣的話。

沈三娘已答應過他。

但就在這時，他忽然聽到沈三娘屋子裡發出了一聲驚呼，就像是有人突然看見了鬼似的。

驚呼聲卻是丁靈琳發出來的。

屋子裡還燃著燈。

淒涼的燈光，正照在沈三娘慘白的臉上，她臉上的神色很平靜。

她的人卻已死了。

一柄刀正插在她胸膛上，鮮血已染紅了她的衣裳。

可是她死得很平靜，因為這本是她仔細考慮過之後才決定的。

除了死之外，她已沒有別的法子解脫。

孤燈下還壓著張短箋：「丁姑娘是個很好的女孩子，我看得出她很喜歡你，我也是個女人，所以我雖然答應了你，卻還是不忍幫你騙她，我更不能看著你們去殺馬空群。」

這就是沈三娘最後的遺言，她相信葉開已該明白她的意思。

但丁靈琳卻不明白。

她轉過身，瞪著葉開，流著淚道：「原來你是騙我的，你為什麼要騙我？為什麼要我傷心？」

葉開明朗的臉上，竟也露出了痛苦之色，終於長嘆道：「因為你遲早總要傷心的！」

丁靈琳大叫，道：「為什麼？為什麼？……」

葉開已不願再回答，已準備走出去。

丁靈琳卻揪住了他的衣襟，道：「你明明已答應陪我回家的，現在我們已然到家了，你為什麼忽然又改變了主意？」

葉開道：「因為我忽然很討厭你。」

他用力拉開她的手，頭也不回的走了出去。

他不敢回頭，因為他怕丁靈琳看見他的眼睛——他眼睛裡也有了淚痕。

一株孤零零的梧桐，被秋風吹得簌簌的響，也彷彿在為世上多情的兒女嘆息。

梧桐樹下，竟站著一個人。

一個孤零零的人，一張比死人還蒼白的臉。

傅紅雪，他彷彿早已來了，已聽見了很多事，他凝視著葉開時，冷漠的眼睛裡，竟似也帶著些悲傷和同情。

葉開失聲道：「是你，你也來了？」

傅紅雪道：「我本就該來的。」

葉開忽然笑了笑，笑得很淒涼，道：「不該來的是我？我真的不該來？」

傅紅雪道：「你非但不該來，也不該這麼樣對待她的。」

葉開道：「哦？」

傅紅雪道：「因為這件事根本和你完全沒有關係，丁家的人，跟你也並沒有仇恨，我來找你，只不過想要你帶著她走，永遠不要再管這件事。」

葉開臉色蒼白的苦笑道：「這兩天你好像已知道了很多事。」

傅紅雪道：「我已完全知道了。」

葉開道：「你有把握？」

傅紅雪道：「我已見到過丁靈中！」

葉開不再問了，彷彿覺得這句話已足夠說明一切。

傅紅雪卻忍不住要問他：「你知道的是不是也不少呢？」

葉開點點頭。

傅紅雪道：「你怎會知道的？」

葉開避不作答，卻嘆息著道：「我只奇怪丁靈中怎麼敢冒險去找你。」

傅紅雪冷冷道：「我只奇怪你為什麼總是要糾纏在這件事裡。」

突聽一個人冷笑道：「因為他這人天生就喜歡找麻煩，所以麻煩也找上他了。」

聲音是從屋脊後傳出來的。

只有聲音，看不見人。

等到聲音停下時，才看見屋脊後有粒花生高高拋起，又落下。

然後就有隻手伸出來，拋出了個花生殼。

葉開失聲道：「路小佳！」

屋脊後有人笑了，一個人微笑著，坐起來道：「正是我。」

葉開道：「你怎麼也來了？」

路小佳嘆了口氣，道：「我本不想來的，只可惜非來不可。」

葉開道：「來幹什麼？」

路小佳嘆道：「除了殺人外，我還會幹什麼？」

葉開道：「來殺誰？」

路小佳道：「除了你之外，還有誰？」

葉開也笑了。

路小佳道：「你想不到？」

葉開道：「我從第一次看見你的那天，就知道你遲早一定會來殺我的。」

路小佳笑道：「想不到你這人居然還會算卦。」

葉開微笑道：「同時，我也算準了你是絕對殺不了我的。」

路小佳淡淡道：「這次你只怕就要算錯了。」

葉開道：「我也知道，不管怎樣，你好歹都得試試。」

路小佳道：「卻不知你現在就想動手呢，還是先看看丁家兄弟的雙劍破神刀？」

葉開道：「雙劍破神刀？」

路小佳道：「雙劍聯璧，九九八十一式，劍劍連綿，滴水不漏，正是丁家兄弟專門練來準備對付白家刀的，你想必也沒見過。」

葉開道：「的確沒有。」

路小佳道：「這種武林罕睹的劍法，你現在好容易有機會能看到，若是錯過了，豈非可惜。」

葉開道：「實在可惜。」

他回轉頭，傅紅雪的臉又已蒼白如透明。

就在這時，只聽「嗆」的一聲龍吟，兩道劍光如閃電交擊，從對面的屋頂擊下。

輝煌的劍光中，只見這兩人一個長身玉立，英俊的臉上傷痕猶在，正是風采翩翩的丁三少爺。

另一人道裝高冠，面色冷漠，掌中一柄劍精光四射，竟是從來很少過問江湖中事的大公子丁雲鶴。

他們的腳尖一沾地，掌中劍又已刺出三招，兩柄劍配合得如水乳交融，天衣無縫，果然是劍劍連環，滴水不漏。

丁靈琳瞪大了眼睛，站在廊下已看呆了，只有她一個人還被蒙在鼓裡，完全不知道這是怎麼回事。

忽然間，兩柄劍似已化作了數十柄，數十道閃亮的劍光，已將傅紅雪籠罩，連他的人都看不見了。

葉開嘆息著，道：「看來這九九八十一劍最厲害之處，就是根本不給對方拔刀出手的機會。」

路小佳道：「你這人的確有點眼光。」

葉開道：「看來這劍法果然是專門為了對付白家神刀的。」

路小佳笑了笑道：「要對付白家神刀，唯一最好的法子，的確就是根本不讓他拔刀出手。」

葉開道：「創出這劍法的人，不但是個天才，而且的確費了苦心。」

路小佳道：「因為他知道白家的人恨他，他也同樣恨白家的人。」

葉開嘆道：「這就是我唯一不明白的地方了，他們之間的仇恨，究竟是因何而起的？」

路小佳道：「你遲早總會明白的。」

葉開忽然笑了笑，道：「這九九八十一招，豈非遲早也有用完的時候？」

路小佳道：「這劍法還有個妙處，就是用完了還可以再用。」

這時丁家兄弟果然已削出了九九八十一劍，突然清嘯一聲，雙劍迴旋，又將第一式使了出來，首尾銜接，連綿不絕。

傅紅雪腳步上那種不可思議的變化，現在已完全顯示出來，如閃電交擊而下的劍光，竟不能傷及他毫髮。

可是，他的出手也全被封死，竟完全沒有拔刀的機會。

葉開忽又道：「創出這劍法來的人，絕不是丁家兄弟。」

路小佳道：「哦？」

葉開道：「這人以前一定親眼看見過白大俠出手，所以才能將他有可能出手的退路封死。」

路小佳道：「有道理。」

葉開道：「這絕不是旁觀者所能體會得到的，我想他一定還跟白大俠親自交過手。」

候。

路小佳道：「很可能。」

葉開冷冷道：「可能他就是那天在梅花庵外，行刺白大俠的兇手之一。」

路小佳道：「哦？」

葉開凝注著他，慢慢的接著道：「也許他就是丁乘風。」

丁乘風就是丁靈琳兄妹的父親。

丁靈琳在旁邊聽著，臉色已變了許多，忽然已明白了似的。

但她卻寧願還是永遠也不要明白的好。

這時丁家兄弟又已刺出七十多劍，傅紅雪的喘息聲已清晰可聞。

他顯然已無力再支持多久，丁家的連環快劍，卻如江河之水，彷彿永遠也沒有停止的時候。

葉開忍不住在輕輕嘆息。

路小佳盯著他，道：「你是不是想出手助他一臂之力？」

葉開道：「我不想。」

路小佳冷笑道：「真的不想？」

葉開微笑道：「真的，因為他根本就用不著我出手相助。」

路小佳皺了皺眉，轉頭去看劍中的人影，臉色忽然也變了。

丁家兄弟的第二趟九九八十一式已用盡。

他們雙劍迴旋，招式將變未變，就在這一瞬間，突聽一聲大喝！

喝聲中，雪亮的刀光已如閃電般劃出！

傅紅雪的刀已出手。

恩仇了了

刀光一閃，丁雲鶴的身子突然倒飛而出，凌空兩個翻身，「砰」的一聲撞在屋簷上再跌下來，臉上已看不見血色，胸膛前卻已多了條血口。

鮮血，還在不停的泉湧而出，丁靈琳驚呼一聲，撲了過去。

路小佳正在嘆息：「想不到丁家的八十一劍，竟還比不上白家的一刀。」

丁靈中手中劍光飛舞，還在獨力支持，但目中已露出恐懼之色。

然後刀光一閃。

只聽「叮」的一聲，他掌中劍已被擊落，刀光再一閃，就要割斷他咽喉。

路小佳突然一聲大喝，凌空飛起。

又是「叮」的一聲，他的劍已架住了傅紅雪的刀。

好快的劍，好快的刀！

刀劍相擊，火星四濺，傅紅雪的眼睛裡也似有火焰在燃燒。

路小佳大聲道：「無論如何，你絕不能殺他！」

傅紅雪厲聲道：「為什麼？」

路小佳道：「因為……因為你若殺了他，一定會後悔的。」

傅紅雪冷笑，道：「我不殺他，更後悔。」

路小佳遲疑著，終於下了決心，道：「可是你知不知道他是什麼人？」

傅紅雪道：「他跟我難道還有什麼關係？」

路小佳道：「當然有，因為他也是白天羽的兒子，就是你同父異母的兄弟！」

這句話說出來，每個人都吃一驚，連丁靈中自己都不例外。

傅紅雪似已呆住了。

路小佳道：「你若不信，不妨去問他的母親。」

傅紅雪道：「他……他母親是誰？」

路小佳道：「就是丁乘風丁老莊主的妹妹，白雲仙子丁白雲。」

沒有風，沒有聲音，甚至連呼吸都已停頓，大地竟似突然靜止。

也不知過了多久，才聽見路小佳低沉的聲音，說出了這件秘密：「白天羽是丁大姑在遊俠塞外時認識的，她雖然孤芳自賞，眼高於頂，可是遇見白天羽後，就一見傾心，竟不顧一切，將自己的終身交給了白天羽。」

「這對她說來，本是段刻骨銘心，永難忘懷的感情，他們之間，當然也曾有過山盟海誓，她甚至相信白天羽也會拋棄一切，來跟她終生相廝守的。卻不知白天羽風流成性，這種事對他來說，只不過是一時的遊戲而已。等到她回來後，發覺自己竟已有了身孕時，白天羽早已將她忘了。以丁家的門風，當然不能讓一個未出嫁的姑娘就做了母親。恰巧那時丁老莊主的夫人也有了身孕，於是就移花接木，將丁大姑生出來的孩子，當作她的，卻將她自己的孩子，交給別人去撫養，因為這已是她第三個孩子，她已有了兩個親生的兒子在身邊。再加上丁老莊主兄妹情深，為了要讓丁大姑能時常見到自己的孩子，所以才這麼樣做的。」

「這秘密一直隱藏了很多年，甚至連丁靈中自己都不知道……」

路小佳緩緩的敘說著，目中竟似已充滿了悲傷和痛苦之意。無論誰都看得出他絕不是說謊。

葉開忽然問道：「這秘密既已隱藏了多年，你又怎麼會知道的？」

路小佳黯然道：「因為我……」

他的聲音突然停頓，一張臉突然扭曲變形，慢慢的轉過身，吃驚的看著丁靈中。

他肋下已多了柄短刀，刀鋒已完全刺入他肋骨間。

丁靈中也狠狠的瞪著他，滿面怨毒之色，突然跳起來，嘶聲道：「這秘密既然沒有人知道，你為什麼要說出來？」

路小佳已疼得滿頭冷汗，幾乎連站都站不穩了，掙扎著道：「我也知道這秘密說出來後，難免要傷你的心，可是……可是事已至此，我也不能不說了，我……」

丁靈中厲聲道：「你為什麼不能不說？」

葉開忍不住長長嘆息，道：「因為他若不說，傅紅雪就非殺你不可。」

丁靈中冷笑道：「他為什麼非殺我不可？難道我殺了馬空群的女兒，他就要殺我？」

葉開冷冷道：「你所做的事，還以為別人全不知道麼？」

丁靈中道：「我做了什麼？」

傅紅雪咬著牙，道：「你……你一定要我說？」

丁靈中道：「你說。」

傅紅雪道：「你在酒中下毒，毒死了薛斌。」

丁靈中道：「你怎知那是我下的毒？」

傅紅雪道：「我本來的確不知道的，直到我發現殺死翠濃的那柄毒劍上，用的也是同樣的毒，直到你自己承認你就是殺她的主謀。」

丁靈中的臉色突又慘白，似已說不出話了。

傅紅雪又道：「你買通好漢莊酒窖的管事，又怕做得太明顯，所以將好漢莊的奴僕，全都聘到丁家莊來。」

葉開道：「飛劍客的俠蹤，也只有你知道，你故意告訴易大經，誘他訂下那借刀殺人的毒計。」

傅紅雪道：「這一計不成，你又想讓我跟葉開火併，但葉開身旁卻有一個丁靈琳跟著，你為了怕她替葉開作證，就特地將她帶走。」

葉開長嘆道：「你嫁禍給我，我並不怪你，可是你實在不該殺了那孩子的。」

傅紅雪瞪著丁靈中，冷冷道：「我問你，這些事是不是你做的？」

丁靈中垂下頭，冷汗已雨點般流下。

葉開道：「我知道你這麼樣做，並不是為了你自己，我只希望你說出來，是誰叫你這麼樣做的。」

丁靈中道：「我……我不能說。」

葉開道：「其實你不說我也知道。」

丁靈中霍然抬頭，道：「你知道？」

葉開道：「十九年前，有個人在梅花庵外，說了句他本不該說的話，他生怕被人聽出他的口音來，所以才要你去將那些聽他說過那句話的人，全都殺了滅口。」

丁靈中又垂下了頭。

傅紅雪凝視著他，一字字道：「現在我只問你，那個人是不是丁乘風？」

丁靈中咬著牙，滿面俱是痛苦之色，卻連一個字也不肯說了。

他是不是已默認？丁乘風兄妹情深，眼看自己的妹妹被人所辱，痛苦終生，他當然要報復。

他要殺白天羽，是有理由的。

路小佳倚在梧桐樹上，喘息著，忽然大聲道：「不管怎麼樣，我絕不信丁老莊主會是殺人的兇手！」

葉開目光閃動，道：「難道你比別人都了解他？」

路小佳道：「我當然比別人了解他。」

葉開道：「為什麼？」

路小佳忽又笑了笑，笑得淒涼而奇特，緩緩道：「因為我就是那個被他送給別人去撫養的孩子，我的名字本該叫丁靈中。」

這又是個意外。

大家又不禁全都怔住。

丁靈中吃驚的看著他，失聲道：「你……你就是……就是……」

路小佳微笑著，道：「我就是丁靈中，你也是丁靈中，今天丁靈中居然殺了丁靈中，你們說這樣的事滑稽不滑稽？」

他微笑著，又拈起粒花生，拋起來，拋得很高。

但花生還沒有落下時，他的人已倒了下去。

他倒下去時嘴角還帶著微笑。

但別人卻已笑不出來了。

只有丁靈琳流著淚在喃喃自語：「難道他真的是我三哥？難道他真的是？……」

丁雲鶴板著臉，臉上卻也帶著種掩飾不了的悲傷，冷冷道：「不管怎麼樣，你有這麼樣一個三哥，總不是件丟人的事。」

丁靈琳忽然衝到丁靈中面前，流著淚道：「那麼你又是誰呢……究竟是誰叫你去做那些事的？你為什麼不說？」

丁靈中黯然道：「我……我……」

忽然間，一陣急驟的馬蹄聲，打斷了他的話，一匹健馬急馳而入。

馬上的人青衣勁裝，滿頭大汗，一闖進了院子，就翻身下馬，拜倒在地上，道：「小人丁雄，奉丁老莊主之命，特地前來請傅紅雪傅公子，葉開葉公子到丁家莊中，老莊主已在天心樓上備下了一點酒，恭候兩位的大駕。」

傅紅雪的臉色又變了，冷笑道：「他就算不請我，我也會去的，可是他的那桌酒，卻還是留給他自己去喝吧。」
丁雄道：「閣下就是傅公子？」
傅紅雪道：「不錯。」
丁雄道：「老莊主還令我轉告傅公子一句話。」
傅紅雪道：「你說。」
丁雄道：「老莊主請傅公子務必賞光，因為他已準備好一樣東西，要還給傅公子。」
傅紅雪道：「他要還我什麼？」
丁雄道：「公道。」
傅紅雪皺眉道：「公道？」
丁雄道：「老莊主要還給傅公子的，就是公道！」

「公道」的確是件很奇妙的東西。
你雖然看不見它，摸不著它，但卻沒有人能否認它的存在。
你以為它已忘記了你時，它往往又忽然在你面前出現了。
天心樓並不在天心，在湖心。
湖不大，荷花已殘，荷葉仍綠，半頃翠波，倒映著樓上的朱欄，欄下泊著幾隻輕舟。

四面紗窗都已支起，一位白髮蕭蕭，神情嚴肅的老人，正獨自憑欄，向湖岸凝睇。

他看來就彷彿這晚秋的殘荷一樣蕭索，但他的一雙眼睛，卻是明亮而堅定的。

因為他已下了決心。

他已決心要還別人一個公道！

夜色更濃，星都已疏了。

「欸乃」一聲，一艘輕舟自對岸搖來，船頭站著個面色蒼白的黑衣少年，手裡緊緊握著一柄刀。

蒼白的手，漆黑的刀！傅紅雪慢慢的走上了樓。

他忽然覺得很疲倦，就彷彿一個人涉盡千山萬水，終於走到了旅途終點似的，卻又偏偏缺少那一份滿足的歡悅和興奮。

「人都來齊了麼？……」

現在他總算已將他的仇人全都找齊了，他相信馬空群必定也躲藏在這裡。

因為這老人顯然已無路可走。

十九年不共戴天的深仇，眼看著這筆血債已將結清，他為什麼竟連一點興奮的感覺都沒有？

這連他自己都不懂。

他只覺得心很亂。

翠濃的死，路小佳的死，那孩子的死……這些人本不該死，就像是一朵鮮花剛剛開放，就已突然枯萎。

他們為什麼會死？是死在誰手上的？翠濃，他最愛的人，卻是他仇人的女兒。

丁靈中是他最痛恨的人，卻是他的兄弟。

他能不能為了翠濃的仇恨，而去殺他的兄弟？絕不能！

可是他又怎麼能眼見著翠濃為他而死之後，反而將殺她的仇人，當做自己的兄弟！

他出來本是為了復仇的，他心裡的仇恨極深，卻很單純。仇恨，本是種原始的，單純的情感。

他從未想到情與仇竟突然糾纏到一起，竟變得如此複雜。

他幾乎已沒有勇氣去面對它。

因為他知道，縱然殺盡了他的仇人，他心裡的苦還是同樣無法解脫。

但現在他縱然明知面前擺著的是杯苦酒，也得喝下去。

他也已無法退縮。他忽然發現自己終於已面對著丁乘風，他忽然發覺丁乘風竟遠比他鎮定冷靜。燈光很亮。照著這老人的蒼蒼白髮，照著他嚴肅而冷漠的臉。

他臉上每一條皺紋，每一個毛孔，傅紅雪都看得清清楚楚。

他堅定的目光，也正在凝視著傅紅雪蒼白的臉，忽然道：「請坐。」

傅紅雪沒有坐下去，也沒有開口，到了這種時候，他忽然發現自己竟不知道該說什麼。

丁乘風自己卻已慢慢的坐了下去，緩緩地說道：「我知道你是絕不會和你仇人坐在同一個屋頂下喝酒的。」

傅紅雪承認。

丁乘風道：「現在你當然已知道，我就是十九年前，梅花庵外那件血案的主謀，主使丁靈中去做那幾件事的，也是我。」

傅紅雪的身子又開始在顫抖。

丁乘風道：「我殺白天羽，有我的理由，你要復仇，也有你的理由，這件事無論誰是誰非，我都已準備還你個公道！」

他的臉色還是同樣冷靜，凝視著傅紅雪的臉，冷冷的接著說道：「我只希望知道，你要的究竟是哪種公道？」

傅紅雪手裡緊緊握著他的刀，突然道：「公道只有一種！」

丁乘風慢慢的點了點頭，道：「不錯，真正的公道確實只有一種，只可惜這種公道卻常常會被人曲解的。」

傅紅雪道：「哦？」

丁乘風道：「你心裡認為的那種真正公道，就跟我心裡的公道絕不一樣。」

傅紅雪冷笑。

丁乘風道：「我殺了你父親，你要殺我，你當然認為這是公道，但你若也有個嫡親的手足被人毀了，你是不是也會像我一樣，去殺了那個人呢？」

傅紅雪蒼白的臉突然扭曲。

丁乘風道：「現在我的大兒子已受了重傷，我的二兒子已成殘廢，我的三兒子雖不是你殺的，卻也已因這件事而死。」

他冷靜的臉上也露出了痛苦之色，接著道：「殺他的人，雖然是你們白家的後代，卻是我親手撫養大的，卻叫我到何處去要我的公道？」

傅紅雪垂下目光，看著自己手裡的刀。

他實在不知道應該如何答覆，他甚至已不願再面對這個滿懷悲憤的老人。

丁乘風輕輕嘆息了一聲，道：「但我已是個老人了，我已看穿了很多事，假如你一定要你的公道，我一定要我的公道，這仇恨就永無休止的一日。」

他淡淡的接著道：「今日你殺了我，為你的父親報仇固然很公道，他日我的子孫若要殺你為我復仇，是不是也同樣公道？」

傅紅雪發現葉開的手也在發抖。

葉開就站在他身旁，目中的痛苦之色，甚至比他還強烈。

丁乘風道：「無論誰的公道是真正的公道，這仇恨都已絕不能再延續下去，為這仇恨而死的人，已太多了，所以……」

他的眼睛更亮，凝視著傅紅雪，道：「我已決定將你要的公道還給你！」

傅紅雪忍不住抬起頭，看著他。

「這老人究竟是個陰險惡毒的兇手？還是個正直公道的君子？」

傅紅雪分不清。

丁乘風道：「但我也希望你能答應我一件事。」

傅紅雪在聽著。

丁乘風道：「我死了之後這段仇恨就已終結，若是再有任何人為這仇恨而死，無論是誰死在誰手裡，我在九泉之下，也絕不饒他！」

他的聲音中突然有了淒厲而悲憤的力量，令人不寒而慄！

傅紅雪咬著牙，嘶聲道：「可是馬空群——我無論是死是活，都絕不能放過他。」

丁乘風臉上突然露出種很奇特的微笑，淡淡道：「我當然也知道你是絕不會放過他的，只可惜你無論怎麼樣對他，他都已不放在心上了。」

傅紅雪變色道：「你這是什麼意思？」

丁乘風又笑了笑，笑得更奇特，目中卻流露出一種說不出的悲哀和傷感。

他不再回答傅紅雪的話，卻慢慢的舉起面前的酒，向傅紅雪舉杯。

「我只希望你以後永遠記得，仇恨就像是債務一樣，你恨別人時，就等於你自己欠下了一筆債，你心裡的仇恨愈多，那麼你活在這世上，就永遠不會再有快樂的一天。」

說完了這句話，他就準備將杯中酒喝下去。但就在這時，突見刀光一閃。

刀光如閃電。

接著，「叮」的一響，丁乘風手裡的酒杯已碎了，一柄刀隨著酒杯的碎片落在桌上。

一柄飛刀！三寸七分長的飛刀！

傅紅雪霍然回頭，吃驚的看著葉開。

葉開的臉竟也已變得跟他同樣蒼白，但一雙手卻也是穩定的。

他凝視著丁乘風，丁乘風也在吃驚的看著他，道：「為什麼？你為什麼要這樣做？」

葉開的聲音很堅決，道：「因為我知道這杯中裝的是毒酒，也知道這杯毒酒，本不該是你喝的。」

丁乘風動容道：「你……你這是什麼意思？」

葉開嘆了口氣，道：「我的意思，你難道真的不明白？」

丁乘風看著他，面上的驚訝之色，突又變為悲痛傷感，黯然道：「那麼我的意思你為何不明白？」

葉開道：「我明白，你是想用你自己的血，來洗清這段仇恨，只不過，這血，也不是你該流的。」

丁乘風動容道：「我流我自己的血，跟你又有什麼關係？」

葉開道：「當然有關係。」

丁乘風厲聲道：「你究竟是什麼人？」

葉開道：「是個不願看見無辜者流血的人。」

傅紅雪也不禁動容，搶著道：「你說這人是個無辜的？」

葉開道：「不錯。」

傅紅雪道：「十九年前，那個在梅花庵外說『人都來齊了麼』的兇手，難道不是他？」

葉開道：「絕不是！」

傅紅雪道：「你怎麼知道的？你怎麼敢確定？」

葉開道：「因為無論什麼人在冰天雪地中，凍了一兩個時辰後，說到『人』這個字時，聲音都難免有點改變的，可見他根本用不著為這原因去殺人滅口。」

傅紅雪道：「你怎知在那種時候說到『人』這個字時，聲音都會改變？」

葉開想：「因為我試過。」

他不讓傅紅雪開口，接著又道：「何況，十九年前，梅花庵血案發生的那一天，他根本寸步都沒有離開丁家莊。」

傅紅雪道：「你有把握？」

葉開道：「我當然有把握！」

傅紅雪道：「為什麼？」

葉開說：「因為那天他右腿受了重傷，根本寸步難行，自從那天之後，他就沒有再離開過丁家莊，因為直到現在，他腿上的傷還未痊癒，還跟你一樣，是個行動不便的人。」

丁乘風霍然站起，瞪著他，卻又黯然長嘆了一聲，慢慢的坐下，一張鎮定冷落的臉，已變得彷彿又蒼老了許多。

葉開接著又道：「而且我還知道，刺傷他右腿的人，就是昔日威震天下的『金錢幫』中的第一快劍，與飛劍客齊名的武林前輩……」

傅紅雪失聲道：「荊無命？」

葉開點頭，道：「不錯，就是荊無命，直到現在我才知道，荊無命為什麼將他的快劍絕技，傳授給路小佳了。」

他嘆息著接道：「那想必是因為他和丁老莊主比劍之後，就惺惺相惜，互相器重，所以就將丁家一個不願給別人知道的兒子，帶去教養，只可惜他的絕世劍法，雖造就了路小佳縱橫天下的聲名，他偏激的性格，卻害了路小佳的一生。」

丁乘風誠然垂首，目中已有老淚盈眶。

傅紅雪盯著葉開，厲聲道：「你怎麼會知道這些事的，你究竟是什麼人？」

葉開遲疑著，目中又露出那種奇特的痛苦之色，竟似拿不定主意，不知道是不是應該回答他這句話。

傅紅雪又忍不住問道：「兇手若不是他，丁靈中殺人滅口，又是為了誰？」

葉開也沒有回答這句話，突然回頭，瞪著樓梯口。

只聽樓下一個人冷冷道：「是為了我。」

聲音嘶啞低沉，無論誰聽了，都會覺得很不舒服，可是隨著這語聲走上樓來的，卻是個風華絕代的女人。她身上穿著件曳地的長袍，輕而柔軟，臉上蒙著層煙霧般的黑紗，卻使得她的美，更多了種神秘的淒艷，美得幾乎有令人不可抗拒的魅力。

看見她走來，丁乘風的臉色立刻變了，失聲道：「你不該來的！」

這絕色麗人道：「我一定要來。」

她聲音和她的人完全不襯，誰也想不到這麼美麗的一個女人，竟會有這麼難聽的聲音。

傅紅雪忍不住道：「你說丁靈中殺人滅口，全是為了你？」

「不錯。」

傅紅雪道：「為什麼？」

「因為我才是你真正的仇人，白天羽就是死在我手上的！」

她聲音裡又充滿了仇恨和怨毒，接著又道：「因為我就是丁靈中的母親！」

傅紅雪的心似乎已沉了下去，丁乘風的心也沉了下去。

葉開呢？他的心事又有誰知道？

丁白雲的目光正在黑紗中看著他，冷冷道：「丁乘風是個怎麼樣的人，現在你想必已看出來，他為了我這個不爭氣的妹妹，竟想犧牲他自己，卻不知他這麼樣做根本就沒有原因的。」

她嘆了口氣，接著道：「若不是你出手，這件事的後果也許就更不堪想像了，所以無論如何，我都很感激你。」

葉開苦笑，彷彿除了苦笑外，也不知該說什麼了。

丁白雲道：「可是我也在奇怪，你究竟是什麼人呢？怎麼會知道得如此多？」

葉開道：「我……」

丁白雲卻又打斷了他的話，道：「你用不著告訴我，我並不想知道你是什麼人。」

她忽然回頭，目光刀鋒般從黑紗中看著傅紅雪，道：「我只想要你知道我是什麼人！」

傅紅雪緊握雙拳，道：「我……我已經知道你是什麼人！」

丁白雪突然狂笑，道：「你知道？你真的知道？你知道的又有多少？」

傅紅雪不能回答。他忽然發覺自己對任何人知道的都不多，因為他從來也不想去了解別人，也從未去嘗試過。

丁白雲還在不停的笑，她的笑聲瘋狂而淒厲，突然抬起手，用力扯下了蒙面的黑紗。

傅紅雪怔住，每個人都怔住。

隱藏在黑紗中的這張臉，雖然很美，但卻是完全僵硬的。

她雖在狂笑著，可是她的臉上卻完全沒有表情。這絕不是一張活人的臉，只不過是個面具而已。

等她再揭開這層面具的時候，傅紅雪突然覺得全身都已冰冷。難道這才是她的臉？

傅紅雪不敢相信，也不忍相信。

他從未見過世上有任何事比這張臉更令他吃驚，因為這也已不能算是一張人的臉。在這張臉上，根本已分不清人的五官和輪廓，只能看見一條條縱橫交錯的刀疤，也不知有多少條，看來竟像個被摔爛了的瓷土面具。

丁白雲狂笑著道：「你知不知道我這張臉怎會變成這樣子的？」

傅紅雪更不能回答；他只知道白雲仙子昔日本是武林中有名的美人。

丁白雲道：「這是我自己用刀割出來的，一共劃了七十七刀，因為我跟那個負心的男人在一起過了七十七天，我想起那一天的事，就在臉上劃一刀，但那事卻比割在我臉上的刀還要令我痛苦。」

她的聲音更嘶啞，接著道：「我恨我自己的這張臉，若不是因為這張臉，他就不會看上我，我又怎會為他痛苦終生？」

傅紅雪連指尖都已冰冷。他了解這種感覺，因為他自己也有過這種痛苦，直到現在，他只要想起他在酗酒狂醉中所過的那些日子，他心裡也像是被刀割著一樣。

丁白雲道：「我不願別人見到我這張臉，我不願被人恥笑，但是我知道你絕不會笑我的，因為你母親現在也絕不會比我好看多少。」

傅紅雪不能否認。他忍不住又想起，那間屋子——屋子裡沒有別的顏色，只有黑！

自從他有記憶以來，他母親就一直是生活在痛苦與黑暗中的。

丁白雲道：「你知不知道我聲音怎麼會變成這樣子的？」

她接著道：「因為那天我在梅花庵外說了句不該說的話，我不願別人再聽到我的聲音，我就把我的嗓子也毀了。」

她說話的聲音，本來和她的人同樣美麗。

「人都來齊了麼？……」她說這句話的時候，聲音也還是美麗的，就像是春天山谷中的黃鶯。傅紅雪現在才明白葉開剛才說的話。她怕別人聽出她的聲音來，並不是因為那個「人」字，只不過因為她知道世上很少有人的聲音能像她那麼美麗動聽。

丁白雲道：「丁靈中去殺人，都是我叫他去殺的，他自己並沒有責任，他雖不知道我就是他的母親，但卻一直很聽我的話，他……他一直是個聽話的好孩子。」

她的聲音又變得很溫柔，慢慢的接著道：「現在，我總算已知道他還沒有死，現在，你當然也不會殺他了……所以現在我已可放心的死，也許我根本就不該多活這些年的。」

丁乘風突然厲聲道：「你也不能死！只要我還活著，就沒有人能在我面前殺你！」

丁白雲道：「有的……也許只有一個人。」

丁乘風道：「誰？」

丁白雲道：「我自己。」

她的聲音很平靜，慢慢的接著道：「現在你們誰也不能阻攔我了，因為在我來的時候，已不想再活下去。」

丁乘風霍然長身而起，失聲道：「你難道已……已服了毒？」

丁白雲點了點頭，道：「你也該知道，我配的毒酒，是無藥可救的。」

丁乘風看著她，慢慢的坐了下來，眼淚也已流下。

丁白雲道：「其實你根本就不必為我傷心，自從那天我親手割下那負心人的頭顱後，我就已死而無憾了，何況現在我已將他的頭顱燒成了灰，拌著那杯毒酒喝了下去，現在無論誰再也不能分開我們了，我能夠這麼樣死，你本該覺得很安慰才是。」

她說話的聲音還是很平靜，就像是在敘說一件很平常的事。但聽的人卻已都不禁聽得毛骨悚然。現在葉開才知道，白天羽的頭顱，並不是桃花娘子盜走的。但是他卻實在分不清丁白雲這麼樣做，究竟是為了愛？還是為了恨？無論這是愛是恨，都未免太瘋狂，太可怕。

丁白雲看著傅紅雪，道：「你不妨回去告訴你母親，殺死白天羽的人，現在也已死了，可是白天羽卻已跟這個人合為一體，從今以後，無論在天上，還是在地下，他都要永遠陪著我的。」

她不讓傅紅雪開口，又道：「現在我只想讓你再看一個人。」

傅紅雪忍不住問道：「誰？」

丁白雲道：「馬空群！」

她忽然回過身，向樓下招了招手，然後就有個人微笑著，慢慢的走上樓來。

他看來彷彿很愉快，這世上彷彿已沒有什麼能讓他憂愁恐懼的事。他看見傅紅雪和葉開時，也還是在同樣微笑著。

這個人卻赫然竟是馬空群。

傅紅雪蒼白的臉突又漲紅了起來，右手已握上左手的刀柄！

丁白雲忽然大聲道：「馬空群，這個人還想殺你，你為什麼還不逃？」

馬空群竟還是微笑著，站在那裡，連動也沒有動。

丁白雲也笑了，笑容使得她臉上七十七道刀疤突然同時扭曲，看來更是說不出的詭秘恐怖。

她微笑著道：「他當然不會逃的，他現在根本已不怕死……他現在根本就什麼都不怕了，所有的仇恨和憂鬱，他已全都忘記，因為他已喝下了我特地為他準備的，用忘憂草配成的藥酒，現在他甚至已連自己是什麼人都忘記了。」

可是傅紅雪卻沒有忘，也忘不了。自從他懂得語言時，他聽到的第一句話就是：「去殺了馬空群，替你父親報仇！」

他也曾對自己發過誓：「只要我再看見馬空群，就絕不會再讓他活下去，世上也絕沒有任何人，任何事能阻攔我。」

在這一瞬間，他心裡已只有仇恨，仇恨本已像毒草般在他心裡生了根。

他甚至根本就沒有聽見丁白雲在說什麼，彷彿仇恨已將他整個人都投入了洪爐。

「……去將你仇人的頭顱割下來，否則就不要回來見我……」

屋子裡沒有別的顏色，只有黑！這屋子裡突然也像是變成了一片黑暗，天地間彷彿都已變成了一片黑暗，只能看得見馬空群一個人。

馬空群還是動也不動的坐在那裡，竟似在看著傅紅雪微笑。

傅紅雪眼睛裡充滿了仇恨和殺機，他眼裡卻帶著種虛幻迷惘的笑意，這不僅是個很鮮明的對比，簡直是種諷刺。

傅紅雪殺人的手，緊緊握住刀柄，手背上的青筋一根根凸起。

馬空群忽然笑道：「你手裡為什麼總是抓住這個又黑又髒的東西？這東西送給我，我也不要，你難道還怕我搶你的？」

這柄已不知殺過多少人，也不知將多少人逼得無路可走的魔刀，現在在他眼中看來，已只不過是個又黑又髒的東西。

這柄曾經被公認為武林第一天下無雙的魔刀，現在在他眼中看來，竟似已不值一文。難道這才是這柄刀真正的價值？一個癡人眼中所能看見的，豈非總是最真實的？傅紅雪的身子突又開始顫抖，突然拔刀，閃電般向馬空群的頭砍下去。

就在這時，又是刀光一閃！只聽「叮」的一響，傅紅雪手裡的刀，突然斷成兩截。折斷的半截刀鋒，和一柄短刀同時落在地上。一柄三寸七分長的短刀。一柄飛刀！

傅紅雪霍然轉身，瞪著葉開，嗄聲道：「是你？」

葉開點點頭，道：「是我。」

傅紅雪道：「你為什麼不讓我殺了他？」

葉開道：「因為你本來就不必殺他，也根本沒有理由殺他。」

他臉上又露出那種奇特而悲傷的表情。

傅紅雪瞪著他，目中似已有火焰在燃燒，道：「你說我沒有理由殺他？」

葉開道：「不錯。」

傅紅雪厲色道：「我一家人都已經死在他的手上，這筆血債已積了十九年，他若有十條命，我就該殺他十次。」

葉開忽然長長嘆息了一聲，道：「你錯了。」

傅紅雪道：「我錯在哪裡？」

葉開道：「你恨錯了。」

傅紅雪怒道：「我難道不該殺他？」

葉開道：「不該！」

傅紅雪道：「為什麼？」

葉開道：「因為他殺的，並不是你的父母親人，你跟他之間，本沒有任何仇恨。」

這句話就像一座突然爆發的火山。世上絕沒有任何人說的任何一句話，能比這句話更令人吃驚。

葉開凝視著傅紅雪，緩緩道：「你恨他，只不過是因為有人要你恨他！」

傅紅雪全身都在顫抖。若是別人對他說這種話，他絕不會聽。

但現在說話的人是葉開，他知道葉開絕不是個胡言亂語的人。

葉開道：「仇恨就像是一棵毒草，若有人將它種在你心裡，它就會在你心裡生根，它並不是生來就在你心裡的。」

傅紅雪緊握著雙拳，終於勉強說出了三個字：「我不懂。」

葉開道：「仇恨是後天的，所以每個人都可能會恨錯，只有愛才是永遠不會錯的。」

丁乘風的臉已因激動興奮而發紅，忽然大聲道：「說得好，說得太好了。」

丁白雲的臉卻更蒼白，道：「但是他說的話，我還是連一句都不懂。」

葉開長長嘆息，道：「你應該懂的。」

丁白雲道：「為什麼？」

葉開道：「因為只有你才知道，丁靈中並不是丁老莊主的親生子。」

丁白雲的臉色又變了，失聲道：「傅紅雪難道也不是白家的後代？」

葉開道：「絕不是！」

這句話說出來，又像是一聲霹靂擊下。

每個人都在吃驚的看著葉開。

丁白雲道：「你……你說謊！」

葉開笑了笑，笑得很淒涼。他並沒有否認，因為，他根本就用不著否認，無論誰都看得出，他絕不是說謊的。

丁白雲道：「你怎麼會知道這秘密？」

葉開黯然道：「這並不是秘密，只不過是個悲慘的故事，你自己若也是這悲慘故事中的人，又怎麼會不知道這故事？」

丁白雲失聲問道：「你……難道你才是白天羽的兒子？」

葉開道：「我是……」

傅紅雪突然衝過來，一把揪住了他的衣襟，怒吼道：「你說謊！」

葉開笑得更淒涼。他還是沒有否認，傅紅雪當然也看得出他絕不是說謊。

丁白雲突又問道：「這個秘密難道連花白鳳也不知道？」

葉開點點頭，道：「她也不知道。」

丁白雲詫異道：「她連自己的兒子究竟是誰都不知道？」

葉開黯然的答道：「因為這件事本來就是要瞞著她的。」

丁白雲道：「這究竟是怎麼回事？」

愛是永恆

葉開遲疑著，顯得更痛苦。

他本不願說起這件事，但現在卻已到了非說不可的時候。

原來花白鳳有了身孕的時候，白夫人就已知道，她無疑是個心機非常深沉的女人，雖然知道她的丈夫有了外遇，表面上卻絲毫不露聲色。

她早已有法子要她的丈夫和這個女人斷絕關係，只不過，無論怎麼樣，花白鳳生下來的孩子，總是白家的骨血。她畢竟不肯讓白家的骨血留在別人手裡；因為這孩子若還在花白鳳身邊，她和白天羽之間，就永遠都有種斬也斬不斷的關係，白天羽遲早總難免要去看看自己的孩子。

所以白夫人竟設法收買了花白鳳的接生婆，用一個別人的孩子，將她生的孩子換走。

花白鳳正在暈迷痛苦中，當然不會知道襁褓中的嬰兒，已不是自己的骨血。等她清醒時，白夫人早已將她的孩子帶走了。

白夫人未出嫁時，有個很要好的姐妹，嫁給了一個姓葉的鏢師。這人叫葉平，他的人就和他的名字一樣，平凡而老實，在武林中雖然沒有很大的名氣，但卻是少林正宗的俗家弟子。

名門弟子，在武林中總是比較容易立足的，他們恰巧沒有兒子，所以白夫人就將花白鳳的孩子交給他們收養，她暫時還不願讓白天羽知道這件事。

到那時為止，這秘密還只有她和葉夫人知道，連葉平都不知道這孩子的來歷。

第三個知道這秘密的人是小李探花；在當時就已被武林中大多數人尊為神聖的李尋歡！

因為白夫人心機雖深沉，卻並不是個心腸惡毒的女人——在自己的丈夫有了外遇時，每個女人心機都會變得深沉的。

白夫人做了這件事後，心裡又對這孩子有些歉疚之意，她知道以葉平的武功，絕不能將這孩子培養成武林中的高手，她希望白家所有的人，都能在武林中出人頭地。所以她將這秘密告訴了李尋歡，因為李尋歡曾經答應過，要將自己的飛刀神技，傳授給白家的一個兒子。

她知道李尋歡一定會實踐這諾言，她也信任李尋歡絕不會說出這秘密。

世上絕沒有任何人不信任李尋歡，就連他的仇人都不例外。

李尋歡果然實踐了他的諾言，果然沒有說出這秘密。但他卻也知道，世上絕沒有能長久隱瞞的秘密，這孩子總有一天會知道自己身世的。

所以他從小就告訴這孩子，仇恨所能帶給一個人的，只有痛苦和毀滅，愛才是永恆的。

他告訴這孩子，要學會如何去愛人，那遠比去學如何殺人更重要。

只有真正懂得這道理的人，才配學他的小李飛刀；也只有真正懂得這道理的人，才能體會到小李飛刀的精髓！

然後，他才將他的飛刀傳授給葉開。

這的確是個悲慘的故事，葉開一直不願說出來，因為他知道這件事的真象，一定會傷害到很多人。

傷害得最深的，當然還是傅紅雪。

傅紅雪已鬆開了手，一步步往後退，似連站都已站不住了。

他本是為了仇恨而生的，現在卻像是個站在高空繩索上的人，突然失去了重心。

仇恨雖然令他痛苦，但這種痛苦卻是嚴肅的、神聖的。

現在他只覺得自己很可笑，可憐而可笑。

他從未可憐過自己，因為無論他的境遇多麼悲慘，至少還能以他的家世為榮，現在他卻連自己的父母究竟是誰都不知道。

翠濃死的時候，他以為自己已遭遇到人世間最痛苦不幸的事，現在他才知道，世上原來還有更大的痛苦，更大的不幸。

葉開看著他，目光中也充滿了痛苦和歉疚。

這秘密本是葉夫人臨終時才說出來的，因為葉夫人認為每個人都應該知道自己的身世，也有權知道。

傅紅雪也是人，也同樣有權知道。

葉開黯然道：「我本來的確早就該告訴你的，我幾次想說出來，卻又……」

他實在不知道應該怎麼樣將自己的意思說出來，傅紅雪也沒有讓他說下去。

傅紅雪的目光一直在避免接觸到葉開的眼睛，卻很快的說出兩句話：「我並不怪你，因為你並沒有錯……」

他遲疑著，終於又說了句葉開永遠也不會忘記的話：「我也不恨你，我已不會再恨任何人。」

這句話還沒有說完的時候，他已轉過身，走下樓去，走路的姿態看來還是那麼奇特，那麼笨拙，他這人本身就像是個悲劇。葉開看著他，並沒有阻攔，直到他已走下樓，才忽然大聲道：「你也沒有錯，錯的是仇恨，仇恨這件事本身就是錯的。」

傅紅雪並沒有回頭，甚至好像根本就沒有聽見這句話。

但當他走下樓之後，他的身子已挺直。他走路的姿態雖然奇特而笨拙，但他卻一直在不停的走。他並沒有倒下去。

有幾次甚至連他自己都以為自己要倒下去，可是他並沒有倒下去。

葉開忽然嘆了口氣，喃喃道：「他會好的。」

丁乘風看著他，眼睛裡帶著種沉思之色。

葉開又道：「他現在就像是個受了重傷的人，但只要他還活著，無論傷口有多麼深，都總有一日會好的。」

他忽又笑了笑，接著道：「人，有時也像是壁虎一樣，就算割斷牠的尾巴，牠還是很快就會再長出一條新的尾巴來。」

丁乘風也笑了，微笑著說道：「這比喻很好，非常好。」

他們彼此凝視著，忽然覺得彼此間有了種奇怪的了解。

就好像已是多年的朋友一樣。

丁乘風道：「這件事你本不想說出來的？」

葉開道：「我本來總覺得說出這件事後，無論對誰都沒有好處。」

丁乘風道：「但現在你的想法變了。」

葉開點點頭，道：「因為我現在已發覺，我們大家為這件事付出的代價都已太多了。」

丁乘風道：「所以你已將這件事結束？」

葉開又點點頭。

丁乘風忽然看了丁白雲一眼，道：「她若不死，這件事是不是也同樣能結束？」

葉開道：「她本來就不必死的。」

丁乘風道：「哦？」

葉開道：「她就算做錯了事，也早已付出了她的代價。」

丁乘風黯然。

只有他知道她付出的代價是多麼慘痛。

葉開凝視著他，忽又笑了笑，道：「你當然也知道她根本就不會死的，是不是？」

丁乘風遲疑著，終於點了點頭，道：「是的，她不會死也不必死……」

丁白雲很吃驚的看著他，失聲的道：「你……你難道……」

丁乘風嘆道：「我早已知道你為你自己準備了一瓶毒酒，所以……」

丁白雲動容道：「所以你就將那瓶毒酒換走了？」

丁乘風道：「我早已將你所有的毒酒都換走了，你就算將那些毒酒全喝下去，最多也只不過大醉一場而已。」

他微笑著，接著又道：「一個像我這樣的老古板，有時也會做一兩件狡猾事的。」

丁白雲瞪著他看了很久，忽然大笑。

丁乘風忍不住問道：「你笑什麼？」

丁白雲道：「我在笑我自己。」

丁乘風道：「笑你自己？」

丁白雲道：「花白鳳都沒有死，我為什麼一定要死？」

她的笑聲聽來淒清而悲傷，甚至根本分不出是哭是笑：「我現在才知道她比我還可憐，她甚至連自己的兒子是誰都不知道，連她都能活得下去，我為什麼就活不下去？」

丁乘風道：「你本來就應該活下去，每個人都應該活下去。」

丁白雲忽然指著馬空群，道：「他呢？」

丁乘風道：「他怎麼樣？」

丁白雲道：「我喝下的毒酒，若根本不是毒酒，他喝的豈非也……」

丁乘風道：「你讓他喝下去的，也只不過是瓶陳年大麴而已。」

馬空群的臉色突然變了。

丁乘風道：「也許他早已知道你要對付他的。」

丁白雲道：「所以他看見我桌上有酒，就立刻故意喝了卜去。」

丁乘風點點頭，道：「你當然也應該知道，他本來絕不是個肯隨便喝酒的人！」

丁白雲道：「然後他又故意裝出中毒的樣子，等著看我要怎樣對付他。」

丁乘風道：「你怎麼對付他的？」

丁白雲苦笑道：「我居然告訴了他，那瓶酒是用忘憂草配成的。」

丁乘風道：「他當然知道吃了忘憂草之後，會有什麼反應。」

丁白雲道：「所以他就故意裝成這樣子，不但騙過了我，也騙過了那些想殺他的人。」

的。

馬空群臉上又充滿了驚惶和恐懼，突然從靴裡抽出柄刀，反手向自己胸膛上刺了下去。

就在這時，又是刀光一閃，他手裡的刀立刻被打落，當然是被一柄三寸七分長的飛刀打落的。

馬空群霍然抬頭，瞪著葉開，嗄聲道：「你……你難道連死都不讓我死？」

葉開淡淡道：「我只想問你，你為什麼忽然又要死了？」

馬空群握緊雙拳道：「我難道連死都不能死！」

葉開道：「你喝下去的，若真是毒酒，現在豈非還可以活著？」

馬空群無法否認。

葉開道：「就因為那酒裡沒有毒，你現在反而要死，這豈非是件很滑稽的事？」

馬空群也無法回答，他忽然也覺得這是件很滑稽的事，滑稽得令他只想哭一場。

葉開道：「你認為那忘憂草既然能令你忘記所有的痛苦和仇恨，別人也就會忘記你的仇恨了？」

馬空群只有承認，他的確是這樣想的。

葉開嘆了口氣，道：「其實除了忘憂草之外，還有樣東西，也同樣可以令你忘記那痛苦和仇恨的。」

馬空群忍不住問道：「那是什麼？」

葉開道：「那就是寬恕。」

馬空群道：「寬恕？」

葉開道：「若連你自己都無法寬恕自己，別人又怎麼會寬恕你？」

他接著又道：「但一個人也只有在他已真的能寬恕別人時，才能寬恕他自己，所以你若已真的寬恕別人，別人也同樣寬恕了你。」

馬空群垂下了頭。

這道理他並不太懂。在他生存的那世界裡，一向都認為「報復」遠比「寬恕」更正確，更有男子氣。

但他們都忘了要做到「寬恕」這兩個字，不但要有一顆偉大的心，還得要有勇氣——比報復更需要勇氣。那實在遠比報復更困難得多。

馬空群永遠不會懂得這道理。所以別人縱已寬恕了他，他卻永遠無法寬恕自己。

他痛苦、悔恨，也許並不是因為他的過錯和惡毒，而是因為他的過錯被人發現——「這本該是個永遠不會有人知道的秘密，我本該做得更好些……」

他握緊雙拳，冷汗開始流下。無論什麼樣的悔恨，都同樣令人痛苦。

他忽然衝過去，抓起屋角小桌上的一罈酒，他將這罈酒全都喝下去。

然後他就倒下，爛醉如泥。

葉開看著他，心裡忽然覺得有種無法形容的同情和憐憫。

他知道這個人從此已不會再有一天快樂的日子。

這個人已不需要別人再來懲罰他，因為他已懲罰了自己。

屋子裡靜寂而和平。所有的戰爭和苦難都已過去。

能看著一件事因仇恨而開始，因寬恕而結束，無疑是愉快的。

丁乘風看著葉開，蒼白疲倦的眼睛裡，帶著種說不出的感激。

那甚至已不是感激，而是種比感激更高貴的情感。

他正想說話的時候，就看見他的女兒從樓下衝了上來。

丁靈琳的臉色顯得蒼白而痛苦，喘息著道：「三哥走了。」

她忽然想起路小佳也是她的三哥，所以很快的接著又道：「兩個三哥都走了。」

丁乘風皺起了眉：「兩個三哥？」

丁靈琳道：「丁靈中是自己走的，我們想攔住他，可是他一定要走。」

葉開了解丁靈中的心情，他覺得自己已無顏再留在這裡，他一定要做些事為自己的過錯贖罪。

丁靈中本就是很善良的年輕人，只要能有一個好的開始，他一定會好好的做下去。

葉開了解他，也信任他。

因為他們本是同一血緣的兄弟！

丁靈琳又説道：「路小佳也走了，是被一個人帶走的。」

葉開忍不住問道：「他沒有死？」

丁靈琳道：「我們本來以為他的傷已無救，可是那人卻説他還有法子讓他活下去。」

葉開道：「那個人是誰？」

丁靈琳道：「我不認得他，我們本來也不讓他把路……路三哥帶走的，可是我們根本就沒法子阻攔他。」

她臉上又露出種驚懼之色，接著道：「我從來也沒見過武功那麼高的人，只輕輕揮了揮手，我們就近不了他的身。」

葉開動容道：「他是個什麼樣的人？」

丁靈琳道：「是個獨臂人，穿著件很奇怪的黃麻長衫，一雙眼睛好像是死灰色的，我也從來沒有見過任何人有那種眼睛。」

丁乘風也已聳然動容，失聲道：「荆無命！」

荆無命！這名字本身也像是有種懾人的魔力。

丁乘風道：「他沒有親人，也沒有朋友，一向將路小佳當做他自己的兒子，他既然肯將小佳帶走，小佳就絕不會死了。」

這老人顯然在安慰著自己，葉開已發覺他並不是傳說中那種冷酷無情的人。

他冷漠的臉上已充滿感情，喃喃的低語著：「他既然來了，應該看看我的。」

葉開苦笑道：「他絕不會來，因為他知道有個小李探花的弟子在這裡。」

丁乘風道：「你難道認為他還沒有忘記他和小李探花之間的仇恨？」

葉開嘆息著，說道：「有些事是永遠忘不了的，因為……」

因為荆無命也是馬空群那種人，永遠不會了解「寬恕」這兩個字的意思。

葉開心裡在這麼想，卻沒有說出來，他並不想要求每個人都和他同樣寬大。

就在這時，一扇半掩著的窗户忽然被風吹開。一陣很奇怪的風。

然後，他就聽見窗外有人道：「我一直都在這裡，只可惜你看不見而已。」

說話的聲音冷漠而驕傲，每個字都說得很慢，彷彿已不習慣用言語來表達自己的意思。他要表達自己的思想，通常都用另一種更直接的法子。

他的思想也一向不需要別人了解。

荆無命！只聽見這種說話的聲音，葉開已知道是荆無命了。

他轉過身，就看見一個黃衫人標槍般站在池畔的枯柳下。

他看不見這個人臉上的表情，只看見了一雙奇特的眼睛，像野獸般閃閃發光。

這雙眼睛也正在看著他：「你就是葉開？」

葉開點點頭。

荊無命道：「你知道我是什麼人？」

葉開又點點頭。他顯然不願荊無命將他看成個多嘴的人，所以能不說話的時候，他絕不開口。

荊無命盯著他，過了很久，忽然嘆息了一聲。

葉開覺得很吃驚，他從未想到這個人居然也有嘆息的時候。

荊無命緩緩道：「我已有多年未曾見到李尋歡了，我一直都在找他。」

他的聲音突然提高，又道：「因為我還想找他比一比，究竟是他的刀快，還是我的劍快！」

葉開聽著，只有聽著。

荊無命竟又嘆息了一聲，道：「但現在我卻已改變了主意，你可知道為了什麼？」

葉開當然不知道。

荊無命道：「是因為你。」

葉開又很意外：「因為我？」

荊無命：「看見了你，我才知道我是比不上李尋歡的。」

他冷漠的聲音竟似變得有些傷感，過了很久，才接著道：「路小佳只懂得殺人，可是你……你剛才出手三次，卻都是為了救人的命！」

刀本是用來殺人的。

懂得用刀殺人，並不困難，要懂得如何用刀救人，才是件困難的事。

葉開想不到荊無命居然也懂得這道理。

多年來的寂寞和孤獨，顯然已使得這無情的殺人者想通了很多事。

孤獨和寂寞，本就是最適於思想的。

荊無命忽然又問道：「你知不知道『百曉生』這個人？」

葉開點點頭。

百曉生作「兵器譜」，品評天下英雄，已在武林的歷史中，留下永不磨滅的一筆。

荊無命道：「他雖然並不是正直的人，但他的兵器譜卻很公正。」

葉開相信。

不公正的事，是絕對站不住的，但百曉生的兵器譜卻已流傳至今。

荊無命道：「上官金虹雖然死在李尋歡手裡，但他的武功，卻的確在李尋歡之上。」

葉開在聽著。

上官金虹和李尋歡的那一戰，在江湖中已被傳說得接近神話。神話總是美麗動人的，但卻絕不會真實。

荆無命道：「李尋歡能殺上官金虹，並不是因為他的武功，而是因為他的信心。」

李尋歡一直相信正義必定戰勝邪惡，公道必定常在人間。所以他勝了。

荆無命道：「他們交手時，只有我一個人是親眼看見的，我看得出他的武功，實在不如上官金虹，我一直不懂，他怎麼會戰勝的。」

他慢慢的接著道：「但現在我已了解，一件兵器的真正價值，並不在它的本身，而在於它做的事。」

葉開承認。

荆無命道：「李尋歡能殺上官金虹，只因為他並不是為了想殺人而出手的，他做的事，上可無愧於天下，下則無怍於人。」

一個人若為了公道和正義而戰，就絕不會敗。

荆無命道：「百曉生若也懂得這道理，他就該將李尋歡的刀列為天下第一。」

葉開看著他，突然對這個難以了解的人，生出種說不出的尊敬之意。

無論誰能懂得這道理，都應該受到尊敬。

荆無命也在凝視著他，緩緩道：「所以現在若有人再作兵器譜，就應該將你的刀列為天下第一，因為你剛才做的事，是任何人都做不到的，所以你這柄刀的價值，也絕沒有任何兵器能比得上！」

一陣風吹過，荊無命的人已消失在風裡。

他本就是個和風一樣難以捉摸的人。

葉開迎風而立，只覺得胸中熱血澎湃，久久難以平息。

丁靈琳在旁邊癡癡的看著他，目中也充滿了愛和尊敬。

女人的情感是奇怪的，你若得不到她們的尊敬，也得不到她們的愛。

她們和男人不同。

男人會因憐憫和同情而生出愛，女人卻只有愛她們所尊敬的男人。

你若見到女人因為憐憫而愛上一個人，你就可以斷定，那種愛絕不是真實的，而且絕不能長久。

丁乘風當然看得出他女兒的心意，他自己也正以這年輕人為榮。

像這樣一個年輕人，無論誰都會以他為榮的。

丁乘風走到他身旁，忽然道：「你現在當然已不必再隱瞞你的身世。」

葉開點點頭，道：「但我也不能忘記葉家的養育之恩。」

丁乘風接著道：「除了你之外，他們也沒有別的子女？」

葉開道：「他們沒有！」

丁乘風道：「所以你還是姓葉？」

葉開道：「是的。」

丁乘風道：「木葉的葉，開朗的開？」

葉開道：「是的。」

丁乘風道：「你一定會奇怪我為什麼要問這些話，但我卻不能不問個清楚，因為……」

他看著他的女兒，目中已露出笑意，慢慢的接著道：「因為我只有這麼一個女兒，我若要將她交給別人時，至少總不能不知道這個人是姓什麼的。」

現在他已知道這個人叫葉開。

他相信天下武林中人都一定很快就會知道這個人的名字。

（摘自《邊城浪子》中冊頁一〇五至一七八、下冊頁九五至一三六、頁三一一至三六四）

九月鷹飛（下）

作者：古龍
發行人：陳曉林
出版所：風雲時代出版股份有限公司
地址：10576台北市民生東路五段178號7樓之3
電話：(02) 2756-0949　　傳真：(02) 2765-3799
封面原圖：明人出警圖（原圖為國立故宮博物館典藏）
封面影像處理：風雲編輯小組
執行主編：劉宇青
業務總監：張瑋鳳
出版日期：古龍珍藏限量紀念版2024年4月
ISBN：978-626-7369-47-0

風雲書網：http://www.eastbooks.com.tw
官方部落格：http://eastbooks.pixnet.net/blog
Facebook：http://www.facebook.com/h7560949
E-mail：h7560949@ms15.hinet.net
劃撥帳號：12043291
戶名：風雲時代出版股份有限公司

風雲發行所：33373桃園市龜山區公西村2鄰復興街304巷96號
電話：(03) 318-1378　　傳真：(03) 318-1378
法律顧問：永然法律事務所 李永然律師
北辰著作權事務所 蕭雄淋律師

行政院新聞局局版台業字第3595號 營利事業統一編號22759935

定價：340元　

國家圖書館出版品預行編目資料

九月鷹飛／古龍 著.　-- 三版.--
臺北市：風雲時代出版股份有限公司，2024.01
冊；公分.（I小李飛刀系列）古龍珍藏限量紀念版
ISBN 978-626-7369-45-6（上冊：平裝）
ISBN 978-626-7369-46-3（中冊；平裝）
ISBN 978-626-7369-47-0（下冊；平裝）
857.9　　112019834